如果有些心意
不能
向你坦白

Middle ——

—— 著

The last way I miss you.

初 版 序

煩惱了很久，
這一個序應該寫些什麼。

並不是不重視這個序言，
人生裡能夠寫序的機會並不會太多，
難得有幸出版這一本書，
我是應該要好好珍惜這個序言。
按道理，我是應該寫一些關於這本書的，
例如為什麼會改這一個書名，
又或是介紹一下，
這本書想講一些什麼內容，等等等等。
但亂想了很久，始終都下不了筆，
到最後，在腦海裡最清晰的兩個字，
始終是「謝謝」兩個字。

這一年打得最多的兩個字，
是「謝謝」。
真的很感謝，大家來看我寫的文章，
即使身在不同的城市，
但每一封給我鼓勵與支持的電郵及短訊，
陪我捱過了多少鬱結與黑夜。

很感謝，每一位願意跟我分享自己故事的朋友，
即使不敢在臉書裡讚好、怕別人知道他的心事，
但還是會特意來讓我知道。
很感謝，出版社願意出版這一本書，
尤其是編輯小姐的長期努力，
還有包容我的懶惰與任性。
很感謝各位一直默默支持的朋友，
由寫網誌、Xanga、臉書到現在，
總是縱容或支持我去做自己想做的事情，
但仍然不離不棄。
很感謝那些未必會再聯繫的人，
沒有你們，大概也不會有這天的我。
很感謝每位在我最艱難的時期幫過我的人，
我一定會好好記住。
最後，感謝一直陪我走過這些年的妳，
縱然我窮，沒有名成利就，
但妳仍然願意陪我一起無聊、
一起看過多少月圓月缺，
謝謝妳，讓我幸運地遇到妳……

謝謝你們，讓我擁有這麼多的幸福。

Middle　　2014.05

contents

有 時 曖 昧 。

有 時 苦 戀 。

有 時 執 迷 。

有 時 放 開 。

The last way I miss you.

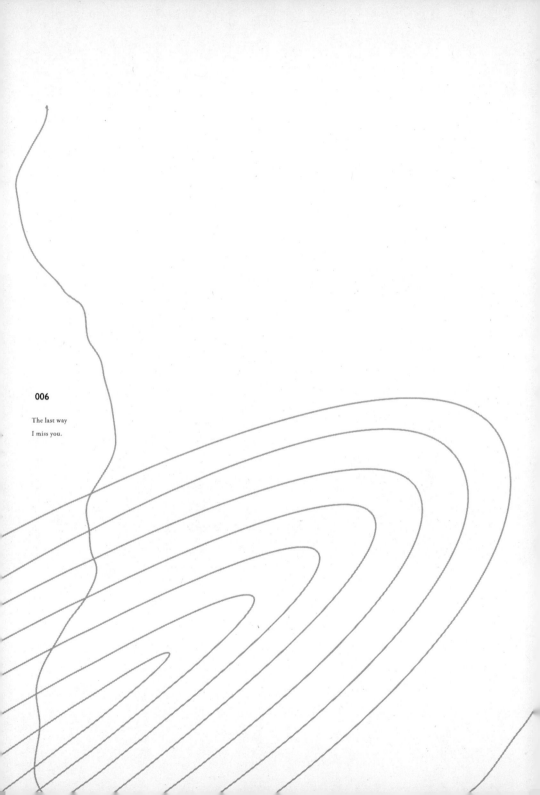

006

The last way
I miss you.

有時　曖昧。

如果有些心意不能再向你坦白，

那麼我寧願要你一直都猜不透；

直到有天你厭倦再去**想得更多**，

直到有天**我們**

不會再

曖昧 為止。

The last way

I miss you.

一 切 原 是 注 定

你跟我說，
有一些事情，是注定如此。

你喜歡他，他不喜歡你，
就算你再努力，再堅持再付出更多，
你還是不能夠接近到他的世界。
你知道，以後都沒有這個可能，
因為，你們彼此的差距實在太大了，
而你相信，兩個人可不可以在一起，
並不單是有沒有喜歡就可以決定的，
也要看彼此各方面的差距，

性格、價值觀、家庭環境、

智慧、經歷、宗教⋯⋯

如果這些事情本身都相差太遠，

兩個人是很難一起到白頭的；
更何況，縱然你並不真正熟悉他，
但從表面看，你知道你們是有很大的差距，
差距大得，你是已經沒辦法與對方在一起……

其實說到底，你是始終相信，
對方是注定不會喜歡你的。
即使你們如今還年輕，
你就已經相信有些事情是命中注定，
例如，他是注定不會喜歡你，
例如，他是注定不會選擇跟你一起，
例如，他是注定不會接受你的表白，
就算你再努力再對他好再勇敢再偉大，
都是注定不會有好結果……

你也許不能清楚知道，
這個喜歡的人對自己有什麼看法。
但你就是相信，
這些事情是早已注定下來，
與其勉強，不如不作聲，
在一旁默默守護對方，

就算被對方完全忽視也好，
就算被別人完全看不起也罷……
就算不開心，也沒法子，
因為這是命中注定的，
大概你也是會這樣說吧……

只是，看到這裡，
我想提一提你，
也許真的，
你是命中注定不能夠跟你喜歡的人在一起，
但是你要不要因此而過得不開心，
卻是你自己可以決定的。

一日未到老死，
一日都不知道什麼方是注定，
就算這一刻不開心，但下一刻是如何，
你卻是不能夠知道答案。
想不想笑，嘴角掀不掀起，
有時你控制得到，有時是你意料之外，
而我們都不是神，不能完全預知與掌控。

不要再說一切原是注定，

其實，
　　那只不過
　　　　是你的任性罷了。

The last way
I miss you.

一樣，不一樣

有時你所不忿的，
不是對方的無心忽略，
而是自己的付出，始終被別人比下去。

明明是一樣的說話，
別人說的，他會認真細聽，
但換成你說，他只會覺得厭煩。
明明是一樣的心情，
但他會去關心體恤顧念別人，
對你卻不想了解太多，
還會嫌你時常自怨自艾。

你關心他，他會覺得你刻意造作，
別人隨便一句問候，
他反而會感動、歡喜、珍惜、回報。
你疏遠他，他會覺得你小器幼稚，
但別人半天沒有找他，

他卻會認真反省自己做錯了什麼。

每次和他短訊，他都不會立即回覆，
每次和他見面，他都不讓你告訴別人；
但見面的時候，他總是會在你面前，
立即回覆別人的訊息、不會間斷，
而你時常又可以在臉書或 instagram 看到，
他與別人的親密合照、
甚至不同時段的訊息對話截圖⋯⋯
是自己做得不夠好嗎？
是自己真的要被如此輕視？

雖然他從來沒有明言，
你及不上那別人、你是被比下去了，
但對方直接表現出來的行為和態度，
卻往往會令你更感覺受傷，更無從躲藏。
有時你也會嘗試叫自己不要認輸，
比別人更努力更著緊去關心對方，
例如搶先去做一些別人未做的事情，
不要與別人一樣、要特別的罕有的，
盼令對方會驚喜意外、感動難忘，

就算最後只能博得對方的一笑也好。

但結果，
不是對方嫌你太貼身太有企圖、
讓他反覺得不自然而有壓力，
就是你所努力思考計劃為對方做的，
完全被對方無視，彷彿無動於衷，
即使他是明知道你付出了多少，
而他也知道、你是知道他知道的……

然後，過了一會，
別人也做了那一些、
你不久前才做過的事情，
跟你的並不太一樣，
或未必比你及時、認真、難能、珍貴，
但別人卻輕易得到他的讚賞、他的笑臉，
而你，卻只能遠遠看著，
不能開口，不容你爭辯抗議，
為什麼自己只值得這種對待，
為什麼，他始終都不願意去珍惜自己……

或者，其實你是知道答案，
只是你不願承認，不想面對……
其實，是的，
我們都一樣，會思考，會有感受，
會想被珍惜，會喜歡別人。
只是，縱然我們有著一樣的條件，
但不一定也會得到別人的一樣喜歡……

**並非誰先誰後就一定可以得到，
並非不離不棄就終於能夠挽回，**

你其實是知道這些道理，
但你還是繼續讓自己假裝不服氣，
不想告訴自己、不要面對，
自己一直最喜歡的這一個人，
如今還是沒有最喜歡自己……
就是如此而已。

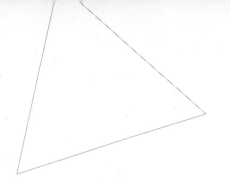

不 悔

有些堅持，是不想讓自己將來後悔；
有些堅持，是用來掩飾不知道該如何放棄。

明明你已付出了太多次，
但他都未有被你打動；
明明你都將意思說得很明白，
但他總是有各種理由裝作不懂。
朋友們都叫你應該放棄，
你也跟自己剖析批判過對方很多次，
每次結論總是，真的要放手了，
真的應該要再讓自己好好過日子。

然而，過了沒有多久，
你又會再在他的生命裡徘徊，
偶爾離他很近，但始終不親近，
偶爾遠遠看著，他又會找回你，
然後又再重複那一種你對他好、

欲拒還迎、似是而非的關係。

有多少次因為他的一句話而失眠，

有多少次因為他的一個來電而心軟。

最後你認命了，跟自己說，

也許他就是你這人生中應該要把握珍惜的人。

為了讓自己將來不要後悔，

應該要繼續堅持、要更加努力，

甚至跟自己說，不要再多想別的可能，

一心一意，才是真正喜歡一個人的方式……

但其實有時候，我們依然堅持，

只不過是我們不知道該如何放棄；

無助的是，並非他自覺或不自覺地設下了，

這個讓你離不開的陷阱，

而是你終於爬到了出口邊緣，

你卻又心甘情願地被拉回那深淵……

每次你跟別人說不想後悔，

但有多少苦澀多少可笑，

你自己最清楚。

不 開 心 的 朋 友

誰都希望，
自己重視的人也會重視自己，
只是你知道，有些事情，
不是你付出了幾多，
就可以收回幾多。

你重視他，他重視你，
只是你隱約知道，
他除了重視你之外，
　　還有其他更重視的人。

例如你們相約見面，
你可以預留整個星期給他，
但他往往只有其中一天有空，
有時最後，還要因為別的事情改期。
例如，有什麼不開心，
你們都會跟對方傾訴分享，

但最開心的時候，
你通常都不會在他的身邊，
他身邊一定會有其他親友，
一定會有其他想見的人，總是這樣。

每次，你聽見他向你笑說，
他跟其他朋友的有趣事，
說著說著他忍不住大笑了，
你跟著陪笑，一次又一次，
漸漸你笑得越來越熟練，
心底的那點刺痛似有還無。

你不好意思跟他說，
感到被他冷落或忽略。
做朋友有今生無來世，
比起個人感受，比起誰更重要，
你更珍惜你們之間的義氣。
你知道他無論如何都會撐你，
只因為你也是一樣，
任何時候都願意為他兩肋插刀，
一起通宵不睡，一起買醉捱冷，

你很榮幸，成為彼此的心事回收站。

只是，有時候，
你不能和他一起去歡笑，
不能去知道，他在最快樂的時候，
會有著什麼神態、會怎麼樣大笑。
反過來，他也同樣不知道，
你快樂笑的時候是什麼模樣；
到底自己不過是他不開心的朋友，
只可以分享心事秘密，
還是自己始終未能得到他真正重視，
在最快樂的時候，不會想起你，
也不會想去跟你一同建立或創造，
一起　快樂的回憶……

也許，他其實明白你的心事，
明白這些可能有過的心理，
只是他不知道該怎麼去做，
不知道怎樣才可和你成為一對，
真正的朋友。

也許……

但每次你終於見到他了，

你想跟他分享自己的這點感受，

你的偶爾生氣、苦笑與寂寞，

只是，最後你還是不捨得說出來，

寧願靜靜的陪他不開心，

也不要說出你自己的不痛快，

來換取他下一次的記得找你……

直到有天，

你的繼續認真，讓你換回，

猶如失戀的那種委屈感覺；

直到有天，

你們連不開心的朋友也再當不下去，

偶爾只會在彼此的臉書讚好微笑為止。

兄 弟

你相信，男和女之間，
也可以做一對兄弟。

為什麼不可以呢？
每次有事，你都一定會撐他，
不比任何一位朋友落後。
每次你不開心，他都會走來陪你，
聽你的心事，解你的煩憂，
總會讓你轉悲為喜，
不會讓你流半點眼淚……

你們相處，總是輕鬆融洽的，
不會太傷春悲秋，
有什麼不快，
只要開一個玩笑就可淡卻，
不會猜心太多，不會嗟怨半點，
否則你們又怎麼可以，暢談更多心事。

一些同性之間未必明白的感受與心理，

對方總可以輕易地把你看穿，

給你從前沒想到過的見解和安慰，

讓你覺得不那麼孤單。

一些情侶之間未必可以傾談的心事和秘密，

對方又能夠做你的心事回收箱，

不會覺得你小題大做、想得太多，

不會因你偶爾的懦弱或自私取笑或看低你，

只會輕輕給你鼓勵或意見，

只會，支持你的任何一個決定。

即使偶爾，

你會因為他常常忙著約會，

太長時間不能和他見面，

而有點寂寞、或生氣；

即使偶爾，

他在臉書與其他異性朋友的親密合照，

會讓你感到有點茫然，

或一點刺痛……

但只要，當你們終於碰面了，

這些枝微末節，都會被你們拋在腦後。

因為兄弟相處，是應該輕鬆融洽的，
不應該太傷春悲秋，不應該有太多不快，
不應該猜心太多，不應該嗟怨半點，
否則你們又怎麼可以，暢談更多心事，
否則這對兄弟，又怎麼可以維繫下去……

男女之間，做不成情人，
也可以做兄弟。
旁人說，沒有喜歡，
他又怎會對你這麼好，
但你知道，你們只會是兄弟的情誼，
就算偶爾你們雙眼目光碰上，
你們都不會透露太多曖昧……
這段關係，是如此難能，
也如此難為，
你又，怎麼捨得。

你看他看你

看著他，你一直看著他，

而他的眼裡，卻始終看著別人。

你都不知道，

自己這樣注視他已經有多少日子，

也不記得，為什麼自己就只會注視他，

而對其他事情都失去了興趣。

也許，你是太想得到他一次的回望，

得到他跟你一樣的重視，

就只是一次也好，

即使要你做什麼事情，

即使你其實已經做過了很多很多……

最初，他還會答謝你所做的，

漸漸他都不會再笑著向你道謝，

到現在，他甚至太習慣，

你的付出你的存在，

但你仍是不知道，應該要怎麼做，
才可以吸引到這個人的目光。
你問過很多朋友，自己該怎麼做，
但每次你都聽不到想聽的答案，
每次，他們都勸你應該要離開……

也許，你不是沒有吸引人的魅力，
只不過因為你的眼中只有他，
你太想要得到他的注意重視，
因此你就算讓多少人擔心或難過了，
你都不會自覺或留意得到。
反而，你太努力想去取悅，
這一個不太珍惜你的人，
付出更多，失落感更多，
你始終不能得到他的稱讚和肯定，
甚至就只是想他正眼看你一次，
但你越得不到，越不甘心，
即使你的自尊已經破碎，
你卻更不願意自己遭他如此輕視。

這一種委屈，

比起你捨棄自尊、糟蹋自己的委屈，

反而更加令你難受，

因為後者是你經過多少日夜一再放下底線、

而終於練成的心甘情願，

前者，卻可能只是源於他一時的任性或無情，

你知道他沒有太認真看過你的付出，

也沒有嘗試去感受過你的心情。

你不甘心自己如此簡單輕易被判輸了的同時，

也抱著期望，如果有天他會認真一次，

他會正視自己的一番心機和努力，

也許，他始終會被自己感動得到吧？

然而回到問題的最初，

一個本身已經冷漠無情的人，

絕少會對一個處於太低位置的人稍稍注視，

也不會忽然覺得，

這一個人如今竟變得格外吸引……

再回到更早的問題，

**　為什麼，自己會這麼想得到他的回望？**

是因為，他真的如此吸引嗎？

是因為，你想得到他的喜歡？

是因為，你其實本身太喜歡他嗎？
還是你早已知道，
自己不會得到他的真正喜歡，
於是給自己一個藉口、
一個可以繼續待下去的理由，
讓自己退而求其次，
只為去求得他的重視、他的尊敬……

但你真正想要的，並不是這樣的東西，
你也應該知道，有些事情不應過分勉強，
就例如，喜歡一個不喜歡自己的人，
他再吸引，也是應該要讓自己在適當的時候離開……

但你看著他，看著不會回望你的他，
偶爾你會說何必受罪，
偶爾你又會說已經習慣了，
然後再一次再一次，沉迷沉溺下去；
你卻不知道，身邊有多少人也在看著你，
看著不會回頭的你，

**不知道，
你令過幾多重視你的人都心痛。**

沒勇氣

有些時候，

你害怕付出、讓對方知道自己的心意，

不是因為你單方面欠缺勇氣去表白，

而是以前的經驗讓你變得害怕，

怕對方始終會看不起自己所付出的，

即使你為了付出這一切，

已經用盡心機與力氣，

你是投入了多少感情與真誠，

但對方就是不喜歡，

就是覺得，你的付出只會為他帶來煩惱。

　　是你的好，真的一文不值嗎？

還是回到源頭，

他其實只是不喜歡你這個人而已，

因此即使你再做些什麼，

他也不會看得上眼？

但如果真的如此，

付出的一方或許會因而變得自我厭惡……

通常，一個人，
不可能會完全漠視另一個人的好，
但如今他就是這樣。
那麼，是自己這個人有問題、
應該值得被對方如此討厭？

想得更多，就會更灰，
甚至會覺得自己這樣充滿問題的人，
為什麼要繼續留下來獻世。
好了，換個出路，
若不是自己有問題，
那麼，就是自己的好仍有不足，
自己應該再為對方做得更多，
以求有天終於可以感動到對方……

於是，
就繼續去付出、去表現自己的好，
即使喜歡的人臉上如何厭煩，
即使旁人如何取笑自己的傻，

但仍然只能叫自己相信，

精誠所至金石為開，

否則自己的信念就會被動搖，

這樣一直的付出，

　　就會變得毫無意義和價值……

但其實，喜歡不喜歡一個人，

完全是屬於個人的喜惡判斷，

是不理智的、甚至是沒有邏輯的。

不喜歡你的時候，

就算你只呼一口氣也會覺得你惹人厭，

而不是你真的不應該在對方面前呼吸。

尤其當你以喜歡他的名義，

去做了這許多他沒有感到喜歡的事情，

那種反彈的情緒，

會更不留情面地加諸於對方身上。

你越投入更多，他越對你厭憎，

你對他的偏執也在加深他對你的偏執。

而回頭看，

付出的一方即使被如此對待，

但仍是要繼續下去，
有人會想這是犯賤，
有人會認為這是不甘心。
怎樣也好，你的溫柔，
如今還是未能讓他感到快樂，
這又是你的本意嗎？
還是你真的不敢停下來，
不敢嘗試去接受，
有些付出到最後原來真的沒有意義，
即使你有多真心有多喜歡，
但你其實不是沒有勇氣去表達自己的心意，
你只是沒有勇氣去接受，
將這一切的堅持與努力重新歸零，
放過自己，讓這份感情再從頭開始……

他不喜歡你，錯的不是你。
錯的，是你沒有放過自己的勇氣，
結果反而讓自己變得如此卑微而已。

延 續

也許你知道，
自己始終都不會可能，
與那一個人走在一起，
　但是因此，你或會做了很多，
　　原本在你生命中不會去做的事情。

例如，花時間學對方喜歡聽的色士風；

例如，下決心養對方也在養的寵物；

例如，將對方總在聽的歌重聽幾百遍；

例如，學對方去寫日記寫散文寫故事；

例如，把自己的頭髮染成對方也染的顏色；

例如，一個人去遊蕩對方到過的地方或異國；

例如，跟你不喜歡但對方喜歡的人去做朋友；

例如，找一個跟他有點相似的人，去試著發展；

例如，將自己變成他喜歡的類型，然後去等⋯⋯

這些事情，
原本在你的人生裡，
你是不打算會做、
不可能會做、不願意去做，
但是你最終因為一個人，還是做了，
還是會，心甘情願。
原因，不是為了希望，
對方會多點注意或喜歡自己；
不是為了要讓對方知道，
也不是想跟對方接近一些、
想跟對方有多一點話題。

因為你知道，
就算你可能改變自己原本不會改變的，
但是你已經不可能，
改變不可能與那個人在一起的事實……
因此色士風所吹奏的樂聲，是一種抒發，
眼中的金毛尋回犬，其實也只是一種紀念，
內裡蘊藏著一個，
原本你曾經期望、但是已不會實現的夢，
一場，兩個人可以在一起，

眼裡看著同一片風光的夢……

有些事情，原本你是不會做的，
但如今，你做了，
做了幾多、或是許多，
包括那曾經，以及，那場夢；
即使其實已不能繼續，
即使對方未必會知道，
但你還是會，繼續做下去，
不會後悔，不會遺忘。

The last way
I miss you.

共 你 親 到 無 可 親 密 後

聽說，兩個人，
只要多見面，只要多歡笑，
只要夠自然，只要夠快樂，
最後就會漸漸自然地，
走在一起的了……
只是你知道，這理想，
卻並不一定會發生。

是的，你對他好，
他也對你很好，
你們都會很關心對方，
也認識對方很深。
縱然你們不是親人，
但你們熟知對方的脾性和想法，
你一掀唇，他就知道你想要笑了；
他一閉目，你就知道他感到了厭煩。
這種默契，你們從來沒有練習，

也沒有向對方說明太多，
靠的是，日積月累的相處；
靠的是，彼此想要牽繫對方的堅持⋯⋯
旁人笑說，你們兩個人就像是一對情侶，
甚至比一般情侶更加要好；
每次聽見，你都忍不住要笑了，
只是你心裡明白，你們始終未是情侶，
你和他，是不可能會成為一對。

其實你是喜歡他，
才會和他走得如此貼近，
而他也太過了解，
你心裡的一切所想。
他明白你的心情，
也明白，單憑好感，
是未必可以發展出這一份情誼。
這一點思慮，你是知道的，
曾經他是想要回應，你的心情。
例如你有意無意觸碰他的手，
他沒有讓自己退縮；
你倚在他的肩膊裝睡，

The last way
I miss you.

他也沒有借意移開。
有一次，你終於鼓起勇氣向他表白，
他沒有像別人般逃避你、不回應你，
幸運地，他回答你說，
他也有喜歡你，也很珍惜你這一個人，
那是你最開心的一個晚上。
又有一次，你任性的問他，
自己是否他心裡最重要的人，
他坦誠地回答你，是的，
在所有親友當中，
你是最重要的、也最優先的，
為了你，他願意推掉別人的應約，
也願意讓你安心、不會胡思亂想太多。

然而，你還是偷偷地胡思亂想，
既然如此，
為什麼，你們始終沒有在一起，
既然互相喜歡，
為什麼，沒有成為真正的一對。

手相碰了，但沒有牽緊，

心靠近了，但沒有擁抱。
是的，你和他是如此親近，
只不過，親近的溫暖，
卻不等於想要接近、擁有對方的激情。
你和他太親近，
他太習慣適應了這一種相處，
在他心裡，你是最讓他安心的一位良伴，
但他始終沒有對你有太多心跳，
就算偶爾，會有一點曖昧，
就算常常，你們都帶著太多默契……

你們其實都很清楚知道，
明明你有太多想要表達的心情，
他卻沒有太多可以回應和接納的勇氣，
而最後，你們只會讓自己不說話，
讓彼此有默契地繼續去沉默，
做一對好友，也不要讓彼此尷尬難堪。

就算有天，你生日了，
他在你的臉上吻了一下，
但你卻知道，那只是一聲沒有言明的多謝，

一聲，不能直接表示的對不起⋯⋯

就算這夜，你終於忍不住哭了，
你卻不會讓他知道，
即使他其實早已發現你的淚痕，
但你看見他閉起的雙眼，
你又只會讓自己不要再跨越那條界線。

旁人說，你仍是有機會的，
至少他還是跟你如此要好；
只是你心裡知道，
這不過是旁人的好心安慰，
這只是別人尚未明白你們的關係，
你太清楚知道，你和他，
是很難再發展成為真正的一對⋯⋯

如果真的喜歡，
就早應該在一起了，
既然你們未成為情侶，
都可以幸運地走得這麼親近；
既然你們曖昧過那些日子，

彼此還是如此著緊在意對方……
然而你們卻會因為如此親近，
如此清楚了解友情與愛情之間的分野，
而結果都沒有走在一起……

對於這個結果，
你只能夠讓自己苦笑面對。
可幸的是，
對方還會關心你，為何苦笑；

可惜的是，
你就只能夠說聲，多謝關心。

有 時 朋 友

有時，他會傳短訊給你，

和你亂聊亂笑，

但你知道，他只是為了打發時間，

他只是在等另一個人的回覆，

才會伴自己這樣聊下去。

然後到那個人回覆他了，

他漸漸就不會再回覆你的訊息，

你只會看得見，

他在線和最後上線的不斷變化，

直到，他終於去睡了，

直到，你叫自己關上螢幕不要再看。

有時，他會約你見面，

他會問你，什麼時候有空，

但通常，你們都是約在他有空的時間。

每次你們都會見一會兒，

去吃飯，去逛街，偶爾也會看電影，

The last way

I miss you.

但每次，他總是會突然有其他的約，
跟你的約未完，他就要先離開了，
哪管電影尚未完場，
哪管你的興致才剛開始。
然後，你一個人回到家，
打開臉書，看見他貼上了相片，
是他剛才與朋友晚飯時的合照，
那張笑臉，他從未在你面前展現過。

有時，他會向你抱怨，
為什麼近來你沒有找他，
為什麼你只約會其他朋友。
但每次抱怨之後，
你們都沒有約出來見面，
很多時候都不了了之。
然後你會想，你是沒有找他，
但同樣，他也一直都沒有找你，
在你生日的時候，
在各個時節喜慶的日子，
在你失意時，
在你知道他也空閒的那些晚上……

你想他，你想他找你，

到他想你，他想你找他，

你們都想見，但你們都沒有相見，

這是沒有相見的你們，難得共通的默契。

有時，你看著這個朋友，

與其說自己是他的朋友，

不如說，自己更似是他的一個伴。

即使他偶爾會說，

你是他的好友，他也珍惜你，

然而，當有其他人與關係相對照，

自己就難免會比較，

你們之間的情誼其實達到哪一種程度。

是好友，還是不過友好，

是重要，還是單方面的倚賴，

是珍惜，還是不願失去一個，

會對自己好的人……

但縱然如此，

你不會向他透露這些不安，

不會揭穿這些其實你早已看清的真相。

你沒有坦誠、不會完全地向對方交心，
讓自己有所保留地跟對方繼續交往，
或許是為了保護自己，
又或許你只是期望，
有天能夠真正跟對方心意互通，
可以真正無所不談、禍福與共。
到時候，你就會向他透露，
自己曾經有過的這些小器與幼稚，
有時你會對他生氣，
有時你只可以一個人無奈，
有時，你會對這一個朋友太過認真……
又或者到時候，
你都已經不會再縈懷再計較太多，
因為你終於可以遇到一個，
願意和自己交心的人……

有時，你會這樣安慰自己，
讓你們可以繼續如此交往下去。
直到哪天他心血來潮再想起你，
直到哪天被遺忘的感覺又再冒起為止。

但 願 只 是 朋 友

有些事情，
總是要過後才能夠明瞭。

有些好，有些溫柔，
是好得容易讓別人察覺，
例如，親切的關心與問候，
例如，送你禮物帶你吃好東西，
例如，在你的生日為你慶祝，
在你想去玩的時候伴你四處去……

這些這些，你是能夠感受得到，
對方是為你而這樣做的，
他對你好，好得你不能夠忽視，
甚至不能夠，不對他的好去做出回應。
但有些好，你是一直都沒有發現到，
是始於不知不覺，直到你後知後覺，
原來曾經有一個人，

在你一直都不留意的世界裡，
為你付出了許多許多。

可能當時你是知道的他的好，
但只是你不明白他的真心。
例如不明白，
為什麼他時常都會來找自己，
每次就只是和自己亂說亂笑，
笑說完了，就沒有其他。
例如不明白，
為什麼每次你感到失意的時候，
你都會剛好看到他在線，
你傳一個短訊過去，他又會立即回應，
然後為你解憂解愁，
然後又亂說笑哄回你開心。

你生日的時候，
他沒有特別送生日禮物給你，
但你每年總會收到他的祝福短訊，
總是在凌晨的時候，
總是等你也在線的時候。

偶爾你約他晚飯，他也總會立即應約，
就算你只是剛巧找不到別人陪自己晚飯，
就算你約他的時候，
其實已經很晚很晚。

他是你的朋友，就只是朋友，
因為你們之間，
並沒有發生過太深刻的事情，
沒有昇華到成為做好朋友或知己的機會，
而他從來也沒有要求什麼肯定，
例如要做你的好朋友、知己，
或是特別的存在。
彷彿理所當然，他就是自己的朋友，
由認識那天開始，這個身分是永不會改變。
即使其實你並不是太了解他，
但你會安心與這個朋友繼續交往，
不可能會越界，不可能會曖昧，
不會讓你為他的最後上線時間而著緊或茫然
不會讓你為是否該接受或拒絕他而煩惱或痛心……

直到後來，

某次有朋友與你聊天談起，

聽說，其實他當時是喜歡過你的，

其實朋友間很多人都隱約猜到這件事了，

當時，就只有你是不知道而已。

你有點愕然，有點不能相信，

你開始回看過去的那些年，

自己與這個人的每一次相處，

有些回憶已經模糊，

但有些當時不明白的感覺，

如今卻變得豁然貫通……

你開始有些明白，

對方以前所做所說的背後，

原 來 是 埋 藏 著 什 麼 意 思 ……

例如，他每次總是在適當的時候來找你，

不論是在夜深或凌晨、明天是不是假期，

他真的那麼空閒嗎？

還是只不過有一個人，

會太在乎自己的事情而已。

然後，每一年的生日短訊，

然後，每一次的抽空應約，

直到，後來自己認識了現在的另一半，

直到，後來你們開始變得疏遠、甚至沒再見面……

這些事情，因為過去對方的從不要求回報，

而彷彿平淡無奇、理所當然。

你以為，這是出於朋友的情誼，

就只是朋友，再沒有其他，

但如今你嘗試從另一個角度，

來看回這些片段，

有些當時你不在意的情感，

如今卻變得那麼明亮而珍貴。

當時，是如此不知不覺地接收這些，

而如今後知後覺了，

你的心裡竟帶著一點刺痛……

這一個人，從來不求半點回報，

從來都沒有任何怨懟或勉強，

也不要求你明白、甚至要向你交代太多，

可以與你友好，就足夠了，

就算很久沒有見面，

但你每次一找他，

他都會給你一個最溫柔的回應，

他從來都不會拒絕自己⋯⋯
只是，你如今都不能再肯定，
對方其實是否曾經喜歡過自己⋯⋯

以後偶然遇到，
你或許也只會對他點頭微笑，
不拆穿、不點破、不求證、不打擾，
這是你對他的尊重，
也是你對他一直以來為自己付出的，
所能做出的最誠摯回應──

他不是要求你因為他的好而有所回報，
他只想自己的朋友快樂、幸福，
就算你們只是朋友，
但這是他的所願⋯⋯

你如今
　　也終於明瞭。

所謂密友

所謂密友，
其實就只是你秘密藏在心裡的友人，

別人不會遇到，
你跟這密友會經常出雙入對；
別人不會看見，
你們會在對方的臉書裡留言或讚好；
別人不會知道，
曾經你和那人是友好得會每晚談通宵電話；
別人不會明白，
如今你們為何會不相往還、不再來往；
別人不會記得，
你們認識在何年何月何日何地；
別人不會發現，
那位密友在你手心的生命線，

刻劃過多少你仍然在乎的痕跡⋯⋯

所謂密友，
其實就只是你秘密藏在心裡的舊人。

別人不會發現，對方也不會知道，
就只有你會獨自每天每夜在螢幕追逐、在乎，
看那一個人如今過得有多快樂，
看那一個人如今離得有多遙遠，
看那一個人曾經對你有多著緊，
看那一個人曾經讓你有多心痛，
看那一個人，看那一個人，看……

你只能看，
卻不能靠近、親近，或是親密。
所謂密友，
其實就只是讓人自欺欺人的一個名詞，
其實就只是讓自己用來緬懷追悔的一種藉口，
其實是應該將所有一切都密封在心底，
其實……
即使如此，仍是會讓你感到，密不可分，
仍是會讓你繼續浪費心血時間，依然去等。

所謂密友，
嗯，所謂密友。
不會有太多，只會逐漸變少，
隨世界擴闊，隨時間遠去，
有天你們終會，不再密友。
那天大概只會在臉書裡，
繼續留下這一個位置，
然後被另一個新的功能、
新的名詞或關係所代替。
總有天，你知道，

The last way
I miss you.

總有天⋯⋯

朋 友 以 上

沒有喜歡，又怎會成為一對朋友。
只是，那一份喜歡，
始終是淡然的、溫暖的，
不需要太著緊或在乎，
也不會時常患得患失、朝思暮想。
即使好久不見，也可友好如昔，
而不會因為太久不見了，反而變得疏離，
不會因為太掛念，而會覺得寂寞，
不會因為太在乎，而感到壓力，
不會因為你太喜歡，而變得不再友好……

有時候，
你寧願表現得冷漠、討人厭，
也不希望讓對方發現，
原來，你是如此地喜歡著對方，
你的感情，是可以那麼深。
因為你知道，或者試過，

被一個朋友發現了自己的喜歡，
是超出了朋友間的情誼，
從此以後，兩個人的一切關係，
就會變得不再平等。
他可以因為你的喜歡、
不想你再喜歡下去，
而寧願減少和你接觸、不再對你著緊。
漸漸不會與你對望，不再和你交談，
以前的親近就像一場欺騙，
比一個普通的陌生人，彷彿還要陌生。

也許他是為了你好、
不想彼此之間太尷尬苦惱，
長痛不如短痛，
但回頭看，
自己只不過是因為喜歡這一個朋友，
你珍惜、著緊、在乎他，
卻換來他的疏遠和冷漠。
而你可能還沒有來得及向他表明或要求，
其實，你就只是想跟他一直友好下去，
不會奢想與他在一起，就只望，

可以友誼萬歲到盡頭⋯⋯

然而，你知道，
你的這一份喜歡，
對他來說是太過認真。
大概，他會不忍傷害你，
也不懂得回應你，甚至是，
不想回應你⋯⋯
那麼，
與其被發現，與其會疏遠，
不如繼續將自己的感情，
掩飾得滴水不漏、不露痕跡，
不如，一世都不要讓他知道。
就等自己有天逐漸地死心，
有天老了，你們還有幸繼續友好的話，
到時候，你們會約在公園見面，
交換一下微笑，說說彼此近況，
懷緬你們的曾經⋯⋯

那時候，你就會告訴他一個秘密，

原來曾經有一個人，

是如此認真的喜歡著他……

也好過，

如今失去了他的尊重和信任，

被他一點一點疏遠，而無力挽回。

The last way
I miss you.

保 留

那天，你忽然想起，
那個友好的他，早兩天病了；
不知道他病好了沒有？
該發短訊問候一下嗎，
還是要提醒他，
傷風就不要喝冷飲，
下雨了要小心不要淋雨⋯⋯

也許，你不會這樣做，
你只會先打開 IG，
看對方最近有沒有更新，
就算有沒有病好，
他也應該會在 stories 裡發布。
你會因應情況，未好的話，
可以選擇留言不留言，
若好了，就留一個心，
不要再留更多痕跡。

即使明明多麼著緊，

也不如先嘗試保留。

反正，對方也不缺人在乎，

與其讓自己變得多餘，

不如留一口氣，

無謂唐突，

讓對方意外、困擾，或有所誤會，

無謂尷尬，

讓自己空等、擔心、得不到回覆，

不前不動，相安無事，

這樣也許對大家都好。

即使你們明明是朋友，

在情誼上，一個普通的關心本是應分，

但你始終都怕是自己的一廂情願，

是只有自己當對方作朋友，

而對方當你是不應給予關心的朋友。

你在這個心理關口裡，

其實煩惱過已經太多次，

不敢前進也不敢後退，

最後保留了太多短訊與關心。
你試過不要再讓自己想下去，
因為你知道，想多了，
就只會覺得自己很沒用。
其實，關心就關心，
對方不接受就不接受，
乾脆俐落，沒有誰對誰錯，
但為什麼自己寧願這樣保留，
連按一下鍵也會太猶豫，
寧願自己一個人煩惱，
也不要給誰人覺得自己麻煩；
寧願自己一個人，
也不要給機會讓別人拒絕⋯⋯

然後，偶爾又會想起，
自己很想關心的這一個誰；

然後，偶爾又會想得很多，
想得太多。

致 暗 戀 著 別 人 的 你

大概誰都曾經試過，
暗戀別人。

暗戀一個人，
通常不會讓太多人知道，
不論是自己的朋友，
甚至是被暗戀的對象。
即使，你為了能夠遇到他，
你會特意繞遠路到他可能會經過的地方；
即使，為了可以與他有共同話題，
你會去嘗試喜歡，
他所喜歡的歌曲和電影⋯⋯

但是，你做了太多太多，
這些本來你是不會去做的事情，
你卻不會讓對方知道，
自己是特別去為對方而做。

就算當你很幸運，
在你繞路回家的時候、終於碰見到對方，
你也會假裝自己是偶然路過，
而不會告訴對方真相——
其實你每天都會去走這段路，
風雨不改，一心一意，
為的只是有機會遇見到對方，
只要遇到你就心滿意足……
你是不會讓對方知道這些真相，
也許你就只會跟對方點點頭，
又甚至是讓自己一臉漠然，
在對方身邊默默走過。
而明明你是那麼的喜歡對方，
而偏偏你是不會讓對方明白。

為什麼會這樣。
也許是因為，你相信對方不會喜歡自己，
又也許，你只是缺乏勇氣去知道，
對方喜不喜歡自己。
你是不敢去肯定，但也因為如此，
你的幻想仍是可以無邊無際。

或許這刻你會，

為自己虛構的美好將來而傻笑，

下一刻卻又會為前景不明朗而憂愁。

你可以讓自己做更多更多，

其實連你自己也覺得有點傻的事情：

每天醒來，就會自然去想念對方，

坐車的時候望出車窗，

滿腔的思緒會自然傾注在對方身上，

去想他的好，去想最後一次見到他的時候，

你們偶然對望過的那一剎那。

當你知道了，對方可能會出現某個聚會，

你會立即去報名參加，

縱然那個聚會，本來你是不想去的；

當你知道對方最近與別人分手，

你又會為對方擔憂太多，

縱然對方其實不可能會去，

找你傾訴心事。

偶爾你或許會充滿勇氣，

例如在對方生日的時候，

送一份對方十分喜歡的禮物，

即使你為這份禮物，

而花了多少心血或金錢，
但你還是會用那名為友情的花紙，
來包裝這份禮物，
還配上一臉不認真地跟對方說，
你喜歡就行了，這不過是小意思罷了。

小意思，是的，
你也許知道，自己所做的這一切，
其實沒有太多作用，
對方不會因此而變得太喜歡自己，
因為自己也一直沒有讓對方明白這份心情——
本來不會回頭的人，
又怎會發現身後的人原來是喜歡自己。
但你還是會希望或許願，
就算對方沒有喜歡自己也好，
只要對方覺得快樂，只要看到對方在笑，
就已經足夠了，
就已經沒有遺憾……

只是，
你相信只要對方覺得快樂就已經足夠，

但你的暗戀，
又真的可以讓對方感到快樂嗎？
因為你選擇暗戀，
在對方不會留意到自己的地方裡、
去喜歡這一個人，喜歡上這一個人的側面。
但你認識到的，始終不是對方真正的面貌，
你不能知道在你注視不到的範圍以外，
對方有著怎樣的世界，是不是真的快樂，
就好像我們在彼此的臉書裡，
通常總是只會看到對方的笑臉相片一樣。

就算你有多心細如塵、全神貫注，
但你也始終不能或不敢，
去正視對方的全部，
也不會往前一步去了解，
對方對你這一個人所付出的好意，
究竟是不是真的接收得到，
以及會有什麼回應。
嚴格來說，
你其實是沒有跟對方真正交流、溝通，
你所認知會令對方快樂的事情，

跟對方真正會感到快樂的事情，
可以是不一樣、很不一樣。
而你卻可能已經做了太多太多，
而對方可能完全沒有感覺。

就算你不在乎自己的感受、付出與犧牲，
就算你不介意徒勞無功，
但如果你是真的想令對方快樂，
你不會希望一直徒勞無功下去。
除非你本身，
就是只滿足於自己暗戀對方這一件事情上——
只要自己可以繼續暗戀下去，
其他人會有哪些感受，你是不會在乎……

然後，當你有天知道，
對方跟另一個人戀愛了，
一直選擇暗戀的你，
卻未必可以衷心地祝福對方。
你以為自己可以犧牲一切、付出所有，
但你的感受，卻是仍然會與自己共存，
直到很久很久，直到對方有天會忘記了自己。

你真的喜歡暗戀嗎，

對方又會喜歡，

自己只是一直被某個人暗戀嗎……

但願有天，

　暗戀者

　　終於會成長，

找得到明戀一個人的勇氣。

The last way

I miss you.

真 心 話

試過這樣嗎，
你和你重視的人見面，
有很多想法和心事，你想向他傾訴，
但話到嘴邊，你卻不知道該怎麼去講。

你心裡有點焦急，
再回望眼前的他，
他的態度像是有點冷淡，
於是讓本來已開始退縮的你，

　　更加不敢去開口……

一直以來，
你都想讓他更加了解自己，
只是你始終沒有辦法，向他真正坦白。
彷彿是身體機能追不上自己的思想，
還是我們在不知不覺間太過習慣，

將自己的真正想法和感受隱藏起來。

是因為過去，
曾經試過太多被拒絕的滋味，
最後你學懂了，只要先去拒絕別人，
就不會再被別人拒絕及傷害這道理？
又還是，從小到大，
四周的人都太善於壓抑自己的感情，
為了工作、生活、金錢或理想，
我們要學懂更有效率地運用時間、控制情緒，
來冷靜判斷自己何時應該投入、應當退後，
習慣淺嘗即止、計算止蝕，
不要花時間在短期內看似沒結果的事情上。
與其有時間跟真正的自己對話、花光心機，
不如把時間用來計劃將來，
似乎還會更加有意義，
而且也合乎別人對自己的期望……

大家都是這樣子的，這是不會有錯的。
然後，情緒繼續被自己或別人所控制；
然後，你都忘了如何去抒發及剖析，

自己的心情。

但忘記了自己，
還是會認識到不同的人，
當中包括，你想真正接近和了解的人，
那一個你想重視和珍惜的他。
其實有很多說話和心情，
你都好想讓他知道。
不能見面的時候，
你們或許會在短訊裡不間斷地，
以文字和笑臉符號來往，
感覺是如此親近、投契。
但當面對面時，
卻往往會變成一句起、兩句止，
可你們明知道彼此並不是話不投機，
可你們現在連向對方笑一下，
也會覺得不夠自然。

為什麼會這樣子。
或者你們彼此也察覺到這一個現象，
但落差太大、期望落空的反差，

又會讓自己禁不住變回「冷靜判斷」模式。
「客觀」、「抽離」地想，
其實對方未必真正想與自己親近吧，
又或者對方並不是認真想交往。
又可能，
他覺得真正的自己，
不及網路上的自己吸引，
是想卻步吧，是想止蝕吧，
原來是這些原因，
原來不是自己的問題……

The last way
I miss you.

你一邊如此去擊沉、或安慰自己，
用這些理由或藉口，
叫自己不要期望太多，
不要透露或表現真正的自己更多。
既然他開始要止蝕，
你再投入付出，
那不就變得更笨了嗎，
瀟灑放手、別要認真，
可能才是你們交往的真正方式，
就跟你聽過見過太多的例子一樣。

但你甚至是他卻未必知道，
彼此原來都在一樣的自我保護，
都忘了，自己一樣也有著沒有交心的問題。

然後，如此交往下去，
你們一直用遊戲的態度、
來掩飾自己如何認真，
但再掩飾，你和他始終不是一流的演員，
也始終不是冷靜俐落沒有感覺的機械人。
你們隱約感到，
對方未必是完全不認真不在乎，
否則，對方為什麼還會願意，
和自己不間斷地繼續短訊，
否則，你們為什麼還會一次又一次，
應對方邀的約會。
即使每次見面，你們依然是說話不多，
依然不太自然自在，
依然有太多煙霧疑惑，
依然會因為對方的一言一行而想得太多，
依然不敢去講出，自己的真正想法，
自己有多麼的著緊和在乎對方，

依然會想，如果對方也是認真，
為什麼就沒有向自己表示一點什麼，
為什麼始終都不讓自己了解、
真正的他多一點點……

其實你漸漸了解到，
自己沒有向他表露真正的自己，
是你們始終不能認識更深，
變得更親的一個重要課題。
然而，在這些日子以來，
你們也開始習慣了這一種不實在的交往，
只要不說一些以前從不會去說的真心話、
只要不勉強觸碰彼此的真實，
這樣反而讓你們感覺比較自在，
也不用擔心會刺激到對方的保護罩，
讓他走遠……
而這可是你們難得一同建立的默契，
而你們也不懂得該如何推倒重來，
再重新開始去坦誠一次。
該怎麼讓他察覺，你的著緊，
該怎麼向他表達，你的苦衷……

每一次，每一晚，

你們走到車站，始終未能說出真實感受，

始終沒有認真對望，

始終未可以與對方更親近同步……

然後，他跟你說下次再見，

你只懂得跟他說好。

最後，你一個人上了車，

看出窗外，想著下一次是否仍會如此，

是否始終不能真心交往，

想著下一次，

不如不要再見。

退 後

有時候，
當不可以再往前進了，
我們會選擇留在原地，
又或者是只能夠，選擇退後。

如果，我們已經不能夠再像從前，
隨心所欲地談天說笑，
對一些事情都有太多敏感、顧忌⋯⋯
如果，我們已經不可以回到最初，
簡單純粹地親近對方，
卻會為那不能肯定、不被允許的關係，
困惑苦惱太多⋯⋯

那倒不如，不要再思考，
不要再接收太多煩憂惶惑難堪，
不要再被對方的不明不白、
似近還遠、忽冷忽熱所支配操控，

The last way
I miss you.

不要忘記了我們最初那簡單率真的笑容，
不要再說更多的對不起……

不要再嘗試更進一步了，
請不要讓我以為還有太多希望；
不要再留在原地守候，
因為最後都只會無心傷透對方。
請讓我選擇在這一天退後，
在我尚有力氣、理智去離開的時候，
就讓你我的過去，
成為日後最美的回憶……
始終，我們是不可能去得到明天，
明天在我身旁的人，
始終不會是你，
我知道……

在你身旁，
永遠都只會是你最愛的人；
在我心裡，
永遠都只會是未愛我的你。

假 裝

漸漸，隨著我們越來越口不對心，
隨著我們越來越懂得，
將一些感受與感情變得模糊，
我們也會越來越擅長，
如何對別人甚至自己假裝。

明明喜歡一個人，我們會假裝只不過是好感；
明明思念一個人，我們會假裝只是覺得寂寞。
明明想追一個人，我們會假裝自己沒有認真；
明明在等一個人，我們會假裝早已放棄。

得不了，我們會說自己從來不想得到；
失去了，我們會說放手反而更自由。
後悔了，我們會假裝自己沒有在乎；
受傷了，我們會說那是舊的創口。

珍惜的人與事，

我們不敢表現得太明顯，
怕別人或對方知道，
怕自己不能再珍惜下去，
怕旁人笑自己太認真。
錯過的愛與情，
我們不敢太坦白承認，
怕親朋好友嘆息責怪，
怕對方會無意發現，
怕自己變得太過卑微……

想聽聽對方的聲音，
我們只會假裝打錯電話，
卻連聲音也不敢發出；
想看見對方，
我們只敢假裝街上偶遇，
但又會假裝沒有看見對方。
就算對方會對自己點頭微笑，
我們也不會讓自己有太多反應，
最多只會讓自己變得如機械人般客套。
就算對方比自己更冷若冰霜，
我們也會假裝不在意，跟自己說，

本來就是這樣的，
本來就已經是無可再差，
本來早已應該習慣，
本來不會再有太多心痛……

我們學會假裝，
對一切已變得淡然，
假裝對過去早已忘記，
假裝對傷疤視而不見，
假裝從來沒有這段過去，

假裝自己仍然是最堅強的自己……

從來沒有受傷，從來不會認真，
沒有喜歡過誰，沒有珍惜的人。
然後，有天，
我會假裝沒有想你，
即使我如今仍然在想你；
然後，那天，
你會假裝沒有發現我的假裝，
即使你早就已洞悉這一切……

不變的，
是我們會一直繼續假裝下去，

直到終老或世界末日，
對此我早已深信不疑⋯⋯

只是如今還是會懷念從前那個，
不會假裝的我與你而已。

The last way
I miss you.

問 太 多 根 本 不 會 講

有些事情，有些答案，
其實你很想知道，
只是你會寧願讓自己不要問太多。

怎麼會不想知道，
　　昨天晚上他約會了誰？
怎麼會不想知道，
　　為什麼這天他沒有接聽你的電話？
怎麼會失你的約，
怎麼會看不見自己……
心裡到底念著誰，身邊記得有著誰……
　　那條頸鍊，是何時的禮物？
　　那抹臉紅，是與誰的秘密？

笑了，是想起了什麼嗎，
醉了，是要忘記哪些事嗎，
累了，是為著誰在煩惱，

痛了，是哪個舊傷口復發……

但每次問他，他不是說你不明白，
就是會刻意說得不明不白。
或是他會直接跟你說，他不想答，
又甚至是他會乾脆不理你，
彷彿你從來都沒有向他提問過什麼。
即使那些問題，
其實已經不再是他一個人的問題，
例如，你有重視過我嗎，

你有珍惜過我嗎，你有尊重我嗎……
即使有些問題，
其實連你自己也覺得可笑，
連你自己也是覺得不應該去問，
就算他最終都未必會回答……

你有當過我是朋友嗎，
你有當我是一個人嗎？
為什麼我要如此被你折磨，
為什麼你要這麼使我難過？

看見我如此委屈，你會沒有感覺嗎？
看見我狼狽逃開，你會一時心軟嗎？

還是你覺得，這樣子對我才是最好，
還是你覺得，對我怎麼樣也沒所謂……

但問太多根本不會講。
你寧願不問，也不願讓自己難堪。
寧願讓這些沒答案的問題，
繼續反覆折磨自己。
直到某天對方不辭而別，
留下最後一道不會解答的謎題……
直到哪天自己終於明白，

會在乎這些問題與答案的人，
原來一直就
只有自己一個而已。

最 佳 位 置

當……
自己喜歡的人，
早已經另有喜歡的人，
早已經有著另一半，
我們會讓自己不再喜歡下去，
又或是讓自己停在那一個，
最佳位置。

所謂最佳位置，
其實是一個模糊的位置。

你會希望，
縱然自己不能成為對方的另一半，
但也可以成為對方最好的朋友、
或是知己，
在一旁繼續關心、支持或是守護，
希望能夠為對方分憂。

只是，自己的希望是一回事，

但實情容不容許，又是另一回事。

我們總以為，如果不能成為情人，

是我們彼此之間的最大問題，

那麼改為做最好的朋友，

問題也就不存在了……

但事實上真的如此嗎？

做朋友，

也是需要彼此用心、互動、配合、協調，

需要運氣與緣分，

更何況，你內心是希望做知己、最好的朋友，

更別說，對方本身可能也早已擁有，

其他知己、更好的朋友，

其實已再沒有空間容納自己的存在。

然後，當不能成為知己，

我們又會退而求其次，成為最好的朋友；

然後，當不能成為最好的朋友，

我們又再退而求其次，成為最親的朋友；

然後，當不能再親近，

我們就自動變回普通的朋友……

或者你會想，這依然是最佳的位置，

至少你還能守在對方身邊。

愛情沒有擔保、隨時會淡，

友誼卻可以一直萬歲，

自己仍是可以做一個，

最堅持、最稱職、最關心、最難忘的朋友，

與對方一起扶持到老。

只是，我們自己如此希望，

但對方卻可能從沒有如此要求，

也未必會想，自己再繼續如此下去。

說到底，其實，

你不是一個普通的朋友，

你是一個有一點曖昧、

不論是雙方或只是單方面、

帶著一些不能言明的喜歡而交往的朋友。

或許，

當對方也對你有著一定程度喜歡時，

你們的關係會如魚得水，

但別忘了前提，

對方本身也有著另一半、

另外有真正喜歡的人。

當對方與別人發展順利、感情濃密的時候，

對你的感覺又是否會繼續不變？

答案是顯而易見的。

更別說，你看著對方如此蜜運時，

你自己內心的難受難堪難過，

會不會影響你自己的情緒與行為。

可能你會假裝沒事，

繼續堅持繼續付出，

但有些細微的情感流露，

是自己不會察覺得到，

對方卻會覺得分外明顯。

如果對方真的當你是朋友，

你的不快你的不滿你的苦衷你的嘆息，

會讓對方覺得內疚不安過意不去。

長期處在這一種情緒，

這段關係會很難維持下去，

除非你們彼此會一直假裝，

假裝你沒有太過喜歡對方，

假裝你沒有發覺，對方的假裝。

然後大家一直都在不敢傷害對方、

不敢坦白太多的情況下，

去做一種名義上友好，

但實質並不交心的好朋友。

而如果對方其實並不當自己是朋友，

就算你演技再精湛，

在對方面前一直微笑、

從不會顯露一絲煩惱，

對方也會覺得是一種壓力、束縛。

因為對方已經不再需要這段關係，

總會、終會變成厭煩……

即使你只不過想守在那一個，

並不固定的最佳位置，

即使可能對方的內心，

從來都沒有過這一個位置。

所謂最佳位置，

其實，從來都是最差位置。

如果可以，

你不會真的想停在這一個位置。

你知道再如此下去，

始終也是不會有任何結果，

只是你還是想繼續留在這個位置，
表面上，是希望能夠與對方友好終老，
但心底裡你是仍然想挽回，
從前有過、也錯過了的愛情，
或純粹曖昧……
又還是，這其實只是一個最佳的位置，
讓自己偶爾回望或回味，
那些其實是早應該要放低、
早已經成為過去的美好曾經……

然後，最後，
要繼續，還是要放手，
你會在這個位置不斷問自己，
對方卻始終不會讓你知道答案。
而當你有天覺得太苦，
你忽然發現，
自己已不能離開、也不能進退，
除非決心不再友好，除非從此反目成仇……

你會終於明白，
最佳位置，原來始終還是最差位置。

就算　從沒忘記

有些歌曲，無論過了多久，
只要讓你再次聽見，
你還是會不由自主出神，
或茫然多少時間。

一直以來，
你都並不算是感情太豐富的人，
但這首歌曲，已經過了多少年了，
那些旋律歌詞，**還是會輕易擊進你心坎**。

明明你已經不再去想，
明明你以為可以收放自如，
明明你變得比從前快樂，

　　明明你身邊有一個疼你的人……

但偶然的一首歌，

卻會將一些你埋藏已久的畫面重新勾起。

曾經，對方是如此獨一無二，

曾經，他的身旁總有你；

你還記得，每天都想見到他的那種心情，

那些你們一起嚐過的味道、走過的地方，

你有過多少心跳，你與他怎麼對望，

你是如此依賴著他，即使他從不知道；

他是如此影響著你的情緒，

即使他未必明瞭……

不會知道，分開以後，

你失落過多少日子；

不會知道，一直以來，

你依然在默默地等，

等著其實明知道不會再開始的故事，

等著其實已經變得模糊了的身影與回憶……

然後，等過了某幾個寒冬，

某一些深秋，你從世界末日回來，

你終於可以放開一點，

和別人約會，與朋友盡興，

可以飛天遁地，可以暢遊異國，

不會再因為某一些日子而沒來由的寂寞，
不會再看著那不一樣的夕陽而覺得無常……

但那首歌，
依然能夠讓你太過觸動，
依然能夠讓你，
默然皺眉難過深息心碎。
即使，已經不會再交集，
即使，或許，
某天你在他的臉書裡看到，
那首歌裡你最喜歡的一句歌詞，
曾經，你們都為這歌詞如此著迷過。
你看著，有點恍如隔世，
想不到他仍然記得，依然喜歡。
但你看著、看著，始終沒有按鍵 好，
沒有告訴他，你也是一樣，
依然喜歡，依然在乎，依然在等，
依然記得那些日子有過的快樂與心痛……

就算從沒忘記，也不會告訴你。

這天誰為你依然保留這特別的位置，

The last way
I miss you.

你不可能會發現，

你永遠
**　　都不會**
**　　　再知道。**

最 快 樂 的 時 光

有天你還是會記起，

快樂，也是有它的限期。

你喜歡他，

縱然在最初，你是不自覺，

但，當你看著他的笑臉，

當你收到他的短訊，

你就知道自己的一顆心，

已經完全被這個人所牽引。

即使你們就只是朋友，

但你覺得跟他像是已經認識了很久很久，

每次聊天，都有聊不完的話題，

每次對望，你都會看到對方眼裡的默契。

就算有時不能見面，

你也相信大家步伐一致，

你傳他訊息，他不到半分鐘就回應，

他給你笑臉，你知道那代表他的關心，

你再回他另一張笑臉，

才剛發送，你就看見他傳來同一張笑臉……

這樣的朋友，

多契合，也多難能。

你們在一起的時候，

那種快樂會讓你以為，

你，是無所不能，

你，是無敵，是最逍遙自由的人。

就算生活上有哪些困難，

就算你原本是一個沒有自信的人，

但只要有他在身旁，

你相信自己總有跨過去的力量和勇氣……

自己又何必為著那些事情煩惱太多，

讓自己錯過眼前的快樂。

只是你其實知道，

這些無所不能的感覺，這些快樂，

並不是必然的，並非永恆；

此刻的無敵狀態，也許是一種自我催眠，

讓自己暫時不會為將來細想太多，

讓自己仍然可以，

逗留在這種並不實在的快樂當中，

多一天也好，多一秒也好。

因為，再快樂，

也始終屬於朋友的範疇，

就算那本身已經超越朋友間的程度，

但正因為如此，你卻沒來由的確信，

這份情誼，其實並不合乎常理，

有天，對方可能也會清醒，

有天，可能會變質，

最後，還是會淡……

即使這天他仍然願意在你身邊，

用最無聊的玩笑，來讓你高興，

來給你解開，他其實並不明瞭的煩憂；

你是應該感恩，自己有幸遇到這一個人，

你應該好好珍惜他，直到最後最後，

只要他願意，你都會為他保留著這個位置，

等他來到自己身邊的時候，

可以一同玩樂大笑，一同到老相依……

但這樣的理想，

是太快樂，太遙遠，

也，太不真實。

如果你從來沒有自覺到，

你對他感情上的變化，

如果你不曾為你們的故事，

而想得太多，或期待太多，

也許，你們是有可能自然地達至那個理想。

但如今就算有多麼快樂，

都不能讓你無視你心裡的不安和期許。

你認真了，開始會為這個讓你太快樂的人，

期望得到友誼永固以外的其他結局，

只望這一個人，也願意為你有一點認真。

但你看著他的笑臉，

怕眼前這真實會被自己破壞，

怕自己太貪心會換來惡果……

你微微苦笑嘆氣，

他看在眼裡，問你為什麼不快樂。

你說沒有，他說你有，
你說真的沒有，
他開始沒有說話……

後來你回看，

你們曾經最快樂的時光，

原來就是在這時候，

開始完結。

The last way
I miss you.

100

The last way
I miss you.

有時 苦戀。

人大了，會漸漸習慣說「算了」。

沒信心做到的，不想勉強別人的，覺得不屬於自己的……

但自己還是為著那一句算了，

都一概就，算了，算了吧。

算不清，算不了……

其實並不是真的想這樣算了，

只是如今，

都已不能夠

從頭再算。

以 前

以前，你們不會說以前。

以前，你們不會有太多爭拗，
不會有太多對峙。

以前，他不會遲覆你的短訊，
不會只回覆你一個單字。

以前，他有空時就會主動找你，
不會讓你總是空等，總是憂心。

以前，你們常常都想見到對方，
只要一有空，就會約會，
但現在即使有空，他也不會想來見你。

以前，你們見面，他都會對你微笑，
不會像如今一副無奈的疲累模樣，

讓你覺得，彷彿自己是多餘或累贅的，
讓你覺得自己變得不再重要。

以前，他會說你是最重要的，
如今他連這句話都不願再提，
甚至是，連其他的話也不想再講。

以前，他會明白你的沉默，
不過是想要得到他更多的著緊，
他也會花心思去陪你說話、去逗你笑，
直到你的陰霾消退為止；
但如今你們兩人像是參加了沉默競賽，
比拚誰更加委屈、誰更加無奈，
只是，最後無論誰贏了，你們都精疲力竭。

以前，他會欣賞你所做的一切，
不管是你偶爾的任性、還是你可惡的習慣，
他都會包容他都會在乎，
但來到這天，即使你變得更完美，
即使你對他越來越好，
他都會找到你不對的地方，

總會說你以前不是這樣的……

以前，你很快樂、自信，
很有自己的個性，
總能夠給他意料之外的驚喜。
你簡單的一句說話，
就能讓他展顏歡笑，
你就似是一個魔術師，
每次都能夠輕易解開他的煩惱，
總能夠明白他心裡所想。
你的微笑可以讓他溫暖安心，
跟你在一起，他感到無比的輕鬆自由，
你們的心靈默契得連彼此都驚訝，
連旁人都羨慕，
他相信，你就是他想要在一起的人，
一起同步、一起白頭……

但來到這夜，你已經不懂再笑，
你們漸漸不再同步。
你的追貼，讓他感到過分緊張，
他的嘆氣，讓你覺得不被重視。

然後，你會說他以前不是這樣的……

似晦氣，但也殘酷，
彼此都用昨天的美好去比較今日的痛苦，
來傷害對方，來折磨自己，
但你們卻又太清楚這個現狀，
你知道，你們是已經再也回不去以前──

以前，他是這麼的喜歡你，
你們的天空蔚藍無瑕。
但如今你看著他，他看著你，
無聲的空氣藏著分不清的對錯糾纏，
你們覺得彼此都不再一樣，
他已不是以前的他，
你也不再是以前的你……

以前……

你 漸 漸 沒 有 勇 氣 再 提。

生 氣

有時候你會很想對一個人生氣。

其實他未必做了過分的事情，
讓你如此生氣。
例如，他只是沒有接你的電話；
或者，你發現他說了一個不太嚴重的謊言；
也許，他只是一時忘記了你的事情……

本來，按照平常的你，
你大概會大方地笑著跟對方說，
沒關係、算了、不緊要、下次吧……
但當你試過太多次，強迫自己去裝笑，
將自己的真正感受壓抑下去，
讓你本身灰色的情緒變得更黯淡；
你一直積累了太多這樣的情緒，
不懂得、或沒有機會去抒發，
然後，那情緒有天終於到了臨界點，

然後，對方有心或無意的一下小小挑撥，
讓你終於忍不住要爆發。

你真的生氣了，
那些日子以來，
多少怨懟不忿嗟嘆不安，
你不想再忍耐下去，
你好想讓對方知道，你其實有幾多不滿，
不想再讓那張假笑臉，
換來對方下一次的忽視。

以前你笑，
你是希望借著笑容保護自己，
因為大家都喜歡看到別人笑，
你笑了，別人就會友好地對待你，
至少，不會對你刻意刁難。
但當你發現，你越笑下去，
對方也越是以為你不會生氣、
無須太顧慮你的感受，
甚至漸漸變得不會去了解或關心你，
反正，你都會繼續微笑，

會包容或接受他的錯，他的任性⋯⋯

但一次又一次有心或無意的越界、傷害，
即使你再強，也不是沒感受的鐵人，
再裝笑下去，也會失去了保護自己的作用。
然後你會發現，原來只是懂得對人表達笑容，
不但會淹沒了你其他的表情，
也只會讓人錯覺以為、或有一個藉口，
你是一個不會生氣的人，
又怎知道，原來你是不喜歡這樣呢？

但有時候，忍無可忍，
你終於生氣了，卻又未必記得，
　　應 該 怎 麼 去 向 對 方 表 達 這 種 情 感 。

或許，你會向對方一五一十地發洩出來，
包括你的憤怒不忿不安甚至眼淚的積壓，
不修飾不保留，就一次傾盆爆發，
你可能還準備了，對方會和自己大吵一場。
又或者，你仍然會盡量保持心平氣和，
找一個好的時機和場合，

跟對方慢慢地表達你一直以來的忍讓和無奈，
希望對方能夠體諒、了解及接受，
然後你們一起去找出解決的方法——
即使這種方法大多數都是事與願違。

又也許，你會用間接的方式，
用短訊或電郵，記下自己有什麼不滿，
發送給對方，看對方有什麼回應，
或是會不會不回應；
如果他又像上一次那樣，
說自己太小題大做、太過小器，
那就讓自己繼續生氣不再找他，
等他之後再找回自己、跟自己道歉，
又或是，等自己漸漸氣消了忘記了……

如果他最後都沒有回應，
那至少也可以，
叫自己對這個人從此心死了吧。
只不過，你可能又會怕，
對方真的完全不會回應自己，
即使你都表現得如此生氣了，

你已經對他的一再犯錯忍無可忍，
但你的氣惱對他起不了半點作用，
你生氣也好，你要走也罷，
只要不會麻煩到他，他就不會多問半句，
又或是他會反過來，
用你的生氣來作為與你斷交的藉口。

如果真會如此，那不如，
讓自己暗暗生氣算了，
不要有機會讓他知道，
最多讓自己不找他一會兒，
最多讓自己不接聽他一次的電話、
不回覆他半天的短訊，
來讓自己的情緒能夠稍稍平衡。
直到，那鬱悶的感覺過去，
自己可以再掛回那張笑臉，
裝作如常地繼續去找他、和他短訊。

他問你，為什麼剛才沒有回覆他的短訊，
你會笑著回答，
說自己剛巧在忙、不能回覆、對不起呢，

然後再附上一張笑臉，

然後，他又再一次沒有回覆，

再一次忽略笑臉背後那一個真正的你。

有時候你會很想對一個人生氣，

只是你會怕，

自己原來並沒有對他生氣、

和他吵架的權利，

你寧願生自己的氣，

一個人不快樂地笑下去，

也不要或不敢去惹他有一點生氣⋯⋯

這又何必。

生厭

有時候實在很想明白，

是 怎 樣 對 一 個 人 感 到 生 厭 。

不知從何時開始，

關心，會讓對方覺得煩擾；

著緊，最後總會被當成束縛。

從前本來最喜歡的，

如今對方已不感興趣；

從前能夠令對方笑逐顏開的，

如今卻輕易換來皺眉或是呵欠。

過去，每天都會短訊的，

過去，每晚都會談電話的，

如今就是每天一句早安也不願回覆，

如今就連一句晚安也無從說起。

已經不再親近，已經不會信任，

漸漸少了見面，漸漸越見陌生，

The last way
I miss you.

即使你還是站在原地，
但對方卻越走越遠，
而自己始終不能明白，
是在什麼時候、做錯了什麼，
明明是一樣的問候，
明明是相同的聲線，
明明是沒變的心情，
明明是始終的認定……

你認定對方是自己最重要的人，
但如今對方看待你為最厭惡的人；
總是不會回應自己，
偶爾只得到冷漠的單字，
偶爾，或會換來對方的難得真心──

你不要再煩我了好嗎？
你真的很煩，
為什麼你總是不放棄，
為什麼你還是要繼續下去？
你就不能讓我輕鬆一點嗎？
我也有我自己的生活，

我也有我自己的問題，

你憑什麼要我為你的問題再花時間？

憑什麼要我再理會你的心情？

你不厭嗎？

但我已經厭倦了，

你 明 白 嗎 ？

你 到 底 明 不 明 白 ？

......

有時候實在很想明白，

是怎樣對一個人感到生厭；

有時候真的很羨慕，

能夠對一個人如此地生厭......

你又明白嗎？

大概，

你是不會明白的。

我 也　不 想 這 樣

有很多事情，你努力去做了，
但到最後才發現，原來一切還是白費。

付出了投入了，哭過喊過痛過，
被拒絕被忽視被冷落，
再忍再等再堅持，
最後得到些什麼……
可能就只有手機裡，
令自己發呆或苦笑的短訊，
又或是一句對不起，
抑或，我也不想這樣。

我也不想這樣。
其實你也真的不想這樣。

沒有多少人，
希望自己所做的完全得不到回報。

再偉大也好，自我犧牲了，
也會想得到偉大、好人這些虛名，
而不會落得完全無人留意，
得不到珍惜的下場。

但偏偏，你一次又一次，
讓自己付出了所有，
然後又讓對方完全白費你的力氣。
你已經等他很久很久了，
他知道不知道也好，他是一律不會過問。
你每天看著手機等待他在線，
然後你每晚也看著他最後一次上線，
而他還是沒有回覆你的早安。
偶爾你會生氣，不去等他不去理他，
但他偏會在你什麼也不去做的時候與你親近，
然後親近彷彿就只為親近，
徒具形式沒有內涵，
時效過了，他又會再冷落你，
由得你繼續去付出去堅持去求他的親近。

有時他也會表現得內疚，

對你說對不起，對你說他其實也不想的，
只是當你試過太多次這樣的循環，
你心裡會開始生出另一個謎題，
為什麼他偏偏要對你這樣？
是因為自己在他內心其實是特別的存在，
還是不過，你的不離不棄，
在如今這個世界是可遇不可求而已？

這問題大概叫每一位當事人再想多一輩子，
都不會想得明白。
想得多了，會開始變得心灰意冷，
想通了一點，就會叫自己不要再投入更多。
你試過將自己的注意力，
放到別的人別的事情上嗎？
與其自己的努力會被白費，
不如將努力投注到另一個人上；
只是，你曾經將自己最好的最重要的，
都投放給那一個人，
當你希望利用另一個人來轉移自己的視線，
你會很容易得到比較，也會察覺得到，
自己並不是真的太在乎那個新對象——

The last way
I miss you.

除非你本來也被新對象所吸引，
又或者是你們的發展無比順利。

但更重要的是，
背負著一個人的影子、去尋找另一個新的人，
很多時候也會找到相似的影子。
世界上並不是只會有一個對自己鐵石心腸的人。
可能發展下去，你又會開始比較，
如果新的對象也是一個會白費自己努力的人，
那不如回到最初，
跟最元祖的那一個人繼續下去，
可能會因為認識較深，有更多機會發展出好結果，
可能分開了一段時間，大家會相處得更好，
可能最後還會叫自己，更加甘心……

這些可能，其實是沒有太多根據。
有時候我們只不過是催眠自己，
如果反正都會疲累，
那不如自己選擇去跟誰疲累，
至少也是自己選擇的，
至少自己還能擁有心甘情願的快樂。

但你是真的想一直疲累下去嗎？

你只不過在退而求其次，
讓自己在難過面前沒有這麼難受而已，
而這樣的退而求其次，
其實也已經不是第一次──
總有很多時候，
你以為跟他的關係已經無可再差，
但偏偏對方還有能耐，
可以對你再差多一點點，
完全出乎你的意料之外，
卻也為你本來的心灰意冷，
添上多一點哭笑不得。

然後你會自覺，
原來自己還是會有感受的，
原來自己還是會在乎他的不好，
起碼，自己並不是真的完全麻木了。
接著你或許又會想，
就算他待自己再差多一點，
也就只是那一點而已，

自己還不是不能承受，

差一點與不差一點，

看上去也沒有幾多差別……

既然都已經付出與白費了這許多，

也不差在這一點了，

也許，還差一點點，

自己就可以感動到他回頭，

也許再等多一點，他就會懂得去珍惜自己，

也許……

這樣欺騙一下自己，

就能夠再撐下去多一點點了。

其實，你知道自己是在浪費時間與心血。

是因為你不甘心嗎？

不想自己付出了這麼多而得不回那一點點？

還是你會辯解，可以去喜歡而不去喜歡，

抑制自己的感情，到頭來也是一種浪費？

又還是，你是真的這麼相信，

這一個人就是你生命中注定要遇到的人，

你相信這個就是對的人，

你不要輕易錯過，你不想就此放手⋯⋯

但是請你回頭細看，
這個人真的一直都在白費你的心機，
你再獻世多少次、做多麼爛的泥，
他也不會醒覺自己的不該。
或許你最後會換來他的一句對不起，
但對不起這三個字，
有時就只是單純的三個字，
沒有多少歉意，也不包含太多感情，

我也不想這樣⋯⋯

其實他只是不想要對你內疚，
不想因為你執意的白費，而要對你說對不起，
不想每次當良心發現、去面對你的偉大，
都變得像個罪人般無言以對，
然後又只能再一次白費你的認真而已。

你，其實是知道的。
你，是真的希望得到這收場嗎？

聽說有些人喜歡被自己喜歡的人浪費，
只要快樂，就好了；
聽說有些人會認為恨對方一世也是枉費，
只是仍然會身不由己繼續執迷。

你呢，你快樂嗎？
還會對著手機等到天光嗎？
只望你不會再白費太多時光，
　只望將來你有天回頭，
　不會遺憾自己白費了這些時光。

The last way
I miss you.

自 欺

他說他忘了，你會想，他真的忘了。
他說他累了，你會想，他是真的累了。
他說他沒空，你叫自己相信他正在忙。
他說他不便，你叫自己不要想他有多不方便。

他說他回家，你叫自己不要留意聽筒外的談笑聲。
他說他睡覺，你叫自己不要記起他從不會太早入睡。
他說他想見你，你會回答願意等他找你。
他說他會努力，你會叫自己試著去期待。

他說他想一個人，你會不去想，他會不會約了別人。
他說他有想念你，你會不去問，為什麼沒有來電。
他說他想靜一靜，你會笑說不要緊。
他說他分不清感覺，你會相信，他真的分不清楚。

他說他不想你受傷，你會相信，這是他的真心。
他說他沒有欺騙你，你會不理會心底裡的不安。

他說他沒有喜歡別人，你會無視他身邊的那些密友。

他說他對你始終不變，你會叫自己學習去自欺更多……

有時候，你會情願自己欺騙自己，

也不願讓自己發現，

其實他是一直在說謊，

不論他是在騙你，還是他也在欺騙他自己。

有時候，你會情願自己欺騙自己，

也不想讓自己有天必須去接受，

原來他已經連欺騙你一下也不再情願。

The last way
I miss you.

即使你其實早已知道，

自欺欺人的夢，

從來都不會
太過長久。

你 就 不 要　　想 起 我

誰會不想，自己喜歡的人，
會想起自己，想念自己。
　只 是 你 知 道 ，
　他 想 見 的 人 ， 有 太 多 個 。

即使偶爾，他會主動找你，
但是你的心始終不能感到踏實……
即使以前，你們在一起的時候，
是有多麼快樂，你是有多麼安然……
但你始終不能忘記，
他會突然無緣由地失蹤，
對自己完全變得不理不睬，
彷彿兩個人絕交了的那些日子。
那些年月裡，你一直等他找你，
一直在回想，自己是做錯了什麼，
讓他如此逃避或捨棄自己，
為什麼他可以輕易地退後，
而自己卻不能得到他的一個答案……

到後來，你聽別人說，

原來那些日子裡，他結識了新的朋友，

又有新的另一半，跟前任又再曖昧了，

但偏偏那些快樂裡，都沒有你的份兒。

也好，你跟自己說，他有新生活，

你也一樣可以好好過日子，

最多，不讓自己太想念他，

最多，讓自己忽略無視對他依然的牽掛傾慕。

總有天會好起來，哪天總會復原吧，

即使偶爾你看著他的在線時間，

你還是覺得有一點寂寞，

但你相信，會習慣的……

然後，

到你幾乎都平復了對他的感覺，

他卻又突然回來，突然想起你了。

最初，你們是由短訊開始，

他就只是閒話家常、問你的近況，

可是你曾經對他的重視與關注，

卻被他一下子都勾起回來。

即使你還是會害怕，
他會不會只是一時空閒，
只不過想隨便找個人聊天……

你也會讓自己不要主動，
別先去找他，別回覆太長的說話。
但有多少個晚上，
你還是等他的回覆，等到不敢去睡。
他說想和你見面，你忍不住答應了，
但他表示想再跟你繼續友好親近，
你還是反覆思量了很久很久……

他是認真的嗎，
是真的想再跟自己發展嗎，
自己應該再錯過他嗎，
這一次又會像上一次的結局一樣嗎？
到最後，始終敵不過對他的不捨，
你讓自己再相信他多一次。
只是，就在你回頭的時候，
他又開始變得若即若離，
你又開始，等不到他的短訊回覆，

你又開始，找不到他……
你又再次回到以前每天擔驚受怕的日子，
怕自己會錯過他的終於回覆，
怕他會以為自己是不想等了，
怕因為一句無心的說話而惹他不高興，
怕到了最後，你又會再一次失去他……

即使其實你心裡清楚，
他從來都沒有屬於過你。

後來，你聽說他最近又結識了新的朋友，
後來，你看到他的 IG 有著和其他異性的親密合照。

而你……

就只有每次醒來的徬徨與不知所措，
就只有一天一天等不到的寂寞加深。
來到這天，你真的明白，
你們並不是誰錯過了誰，
一直以來，就只是他在逃避，
在你認真的時候，他逃避回應你，

在你心淡的時候，他逃避放開你。
即使後來你們又再重複了多少次，
他找回你，你猶豫了，
到你認真，他又逃走的戲碼。
即使你們這段似有還無的關係，
比起其他的朋友和陌生人都要長久、
都要深刻，
但再繼續如此下去，真的好嗎？

是否寧願，他不要再想起自己，
不要再記得自己的一切，
早日找到他真正要在一起的對象，
就算最後只有他會快樂，
也不要他再想起自己？

就讓自己一個人去偶爾想念他，
想他想到會心痛、會後悔，
都好過再如此繼續，
日出的時候茫然，天黑的時候惶然……

但你最後說，你捨不得，

就算他沒有想你，你依然會想他……

直到那天，他完全把你忘掉，
　直到那天，
　　你懂得放過自己為止。

The last way
I miss you.

冷 靜

有時候你也不明白，
自己為什麼能夠這麼冷靜。

明明，他與你約定在幾點鐘見面，
結果他遲到，甚至失約，
你還是可以輕易原諒他，
即使他連一個解釋或道歉都欠奉。

明明，你們都已經有一個星期沒見了，
而你還不能知道下一次見面的日期，
但你還可以裝作沒事般，
自己去找節目，自己學習一個人生活。

明明，他有時間在線去回覆別人的短訊，
而他偏偏沒有回覆過你一句，
但你仍會幫他找理由，他只是在忙，
他不是忘了你，他還是有在乎自己，

不要再勉強去等或要求，他的回覆。

明明，他有意無意讓你發現，
與別的異性有過曖昧，
有過一些，連你也沒有得到的親密與體貼，
但你卻不會因此而太生氣，
可能更會笑著跟他談論，那個不認識的第三者，
替他分析對方的想法，
要怎麼做才可以討好對方。

明明，他一再無視你的感受，
忽略你的需要，沒有尊重和珍惜你，
但你卻會對朋友笑說，
其實他是一個好人，
他也有對自己好的時候，
不想讓他有太多煩惱，
不想他有半點為難。

明明，他的謊言越說越多，
越來越容易被你揭穿，
但你不再會因此而向他質詢，

不會表現生氣、不會要求解釋、

不會去問真相，

甚至連暗地測試他是否說謊，也不會去做。

你只會讓自己不去多想，睡一場覺，

第二天，也許就會忘記了，

也許，就不會再難受……

其實你知道，

自己不是真的冷靜，

你只是讓自己的感受壓抑或隱藏起來，

不想讓自己的情緒太過被影響，

不要一次又一次，

因為那些意料之外的真相，

因為那些過分殘酷的事實，

再次崩潰、受傷、痛心、流淚。

其實你還記得，

那一次因為他忘記了你的承諾，

你本來的太多期望，

一點一點轉化成絕望，

逐分逐秒折騰你的堅持，
最後你還是一個人面對，
被徹底無視的冰冷滋味。

其實你還害怕，
自己每天每夜追看對方的上線時間，
看了一天、兩天、三天、一星期、兩星期……
而他始終沒有理會你，
而你一天又一天的度日如年。

其實你不想，
再一次哭崩於對方面前，
你得到於事無補的安慰，
然後下一次，他又故態復萌，
然後有一天，你終於會學懂，
什麼是哭不出來的痛。

其實你知道，
這不完全是因為愛，
不完全是堅持，也不是偉大，
不是完全的不求回報。

你或許會期望，

有天能夠奇蹟地感動到對方，

有天能夠再次得到，對方的重視與尊敬。

只是如今，那些溫柔那些快樂那些幸福，

都已經在逐漸遠去，

你手上還捉得緊的，已尚餘不多，

有天也終會失去……

即使你是不甘心，

即使你其實不想這樣結束，

但你又會想，都已經付出了這麼多，

也不介意再堅持多一會兒。

你寧願讓自己閉上雙眼，

裝作看不見對方的壞處與缺點，

甚至裝作，自己仍然在夢裡，沒有醒來，

讓自己可以繼續相信，

對方也和自己一樣，

一直為這段關係盡力到最後，

大家心裡面就只有對方一個人，

你仍然可以擁有，他偶爾贈予你的溫暖……

即使如今，
你只可以用冷靜來面對身邊的冰冷，
其實你不想自己這麼冷靜，
只是你也漸漸遺忘，
兩個人真心相對時的那種熱度⋯⋯
是不應該再如此委屈下去的，
但是你說，你不想後悔，
但是你早已放棄了，自己的底線。

The last way
I miss you.

決絕

當你一直，都得不到那個人的尊重，
當你總是沒有得到那個人的認同；
當你覺得，自己已經幫了他許多許多，
但是他始終沒有聽你的勸告、都沒有珍惜。
當你讓他知道你有多麼認真，
只是他的認真並非回應到你身上，
他寧願花心機時間，
在你認為不值得的事情上，
也不願來跟你說一句話、解釋半句；
當你發現，他已經變得十分陌生，
你說什麼都好，
他都好像身處另一個頻道，
無法溝通，也不可能共鳴。

當這種情況，已經維持了一段很長的日子，
然後到某一天，你再也忍不下去，
你封鎖了他的臉書和 whatsapp，

對所有你們認識的朋友宣布，要跟他從此絕交，
他和你再沒有半點關係。
旁人或會覺得你絕情，或會覺得你小題大做，
但你會冷淡地辯解，這是他造成的，
是他要讓你們的關係走到這一步，
是他希望你們要如此告終⋯⋯
即使你可能尚未去跟他確認，
你要和他絕交，
又或者你是有心想要他成為，
最後才知道的那一個人。

想遠離一個朋友，
無須用上「絕交」這兩字，
只要不聯繫，只要不見面，
兩個本來走在不同路上的人，
有天總會自動變作陌生的途人。
要和一個朋友「絕交」，
不是彼此都還有一點幼稚，
就是自己向對方曾經有過深刻的喜歡，
喜歡得，如今已經會太過心灰意冷，
寧願不再友好，寧願不聞不問，

也不想再因對方的事情而生氣生厭。
或許你還會盼望，對方有天會因而懂得回頭改過，
但是你也已經決定不會再回頭，
認真地相信，以後再不會為這一個人認真。

然後有天，他真的改過了，
竟然會回頭來找你，你們又會重歸於好⋯⋯
這才是你真正的心願嗎？
還是，這心願始終都沒有實現，
以後見到了，也真的會不再相認？
其實，並非真有什麼深仇要恨，
其實，自己為何仍會如此痛苦？
應該絕交嗎，還要下去嗎？
想絕情，但你看著他的在線時間，

你 的 思 緒 卻 未 能 止 息 ⋯⋯

**你的決絕，最後還是會輸給你自己，
就只看你，輸得是否心甘情願而已。**

沒了斷

總會有些人，早已經遠走，
但卻又要在你開始忘記之前，
再一次出現，擾亂你平靜的生活。

你是有多想去問，
他憑什麼把你任意差遣，
為什麼他可以如此肯定，
如今的你還會像從前那般，
隨他心情，呼之則來揮之則去。

你好想讓他知道，你已經改變了，
不再是從前那個隨傳隨到的傻瓜，
你也會有感受、也懂得拒絕、
也有其他人願意關心和珍惜自己，
你再不會為他的偶爾主動而太過興奮，
你再不會為他的一句說話而想得太多。

只是如今，

你還是會為他的問好，而想得太多。

過去，他把你的感情任意浪費消磨，

將你的心掏空後隨便遠走，

你明明知道這一個人，

沒有真正在乎你、甚至記得你，

他只是像從前那樣，

想有一個人來陪伴自己，

然後又找另一個更好的把你代替。

其實你對他的本性是那麼了解、清楚。

但理性如此，你還是讓自己去想更多，

口裡縱說不再在乎，

你還是把他這一個新訊息看了又看，

想著不要太快回應，

想著不要讓他覺得自己仍然著緊，

想著自己不會再像從前般被他支配，

想著更多道理和訓誡，

來掩飾或容許自己此刻的依然不智。

其實，他找回你，

只要你不去回應他，

他自討沒趣，便會找另一個談話對象，
之後就不會再打擾你的生活，
這個故事便會如此簡單完結。

只是，你並不真的想這樣就完結，
因為你從沒有忘記他，
是他之前忘了你、
忘到你被迫也要學著將他的一切淡忘……

**然後他終於記起你一點，
然後你又忘了，
曾經度日如年的
那個自己。**

來 回

偶爾,你會選擇退後,
讓自己沉默,不解釋不挽留。
也許這是出於你沒有勇氣爭取,
也許這是你給予對方最後的溫柔,
也許這是你不想自己變得苦苦糾纏,
而你本來並沒有苦纏下去的意思。

也許你本來明白,兩個人交往,
除了要彼此有心、一同付出努力,
最後還是要講運氣、看緣分。
能否親近下去,
有時可能是天意注定,
有時可能只是個人選擇,
不能太勉強,不該太抱怨,
這些你都明白。

即使對方未必太在乎你、了解你,

即使對方從來都未能與你真正友好，

但你還是感恩彼此相遇的緣分，

還是希望在可以努力的範圍裡，

去珍惜守護這一個人，

就算不會白頭到老，

也想有天可以一同笑著回首。

但你想要的未來，

未必也等於對方所希望得到的。

你試過靠近，他總是逃避；

你願意付出，他不敢領情。

任你再笨也會知道，

勉強下去，只會給對方壓力，

即使你只是出於好心，

即使其實你也會受傷……

如果繼續下去會令對方尷尬困擾、

會令自己無奈難受，

那不如算了，不要再強求。

始終，你本來是希望有天，

能夠與對方把臂同遊、笑看人生，

你想看到的，是對方的笑臉，
而不想對方為自己有半點皺眉。

就算你不捨得、放不開，
你知道還是要讓對方離開，
就算不能去做一對好友，
將來還是可以笑著向彼此問好。

然而，有時候，
儘管你不敢有半點苦纏，
但對方卻又會找回你，
想跟你再一次友好，
想看看和你可以再發展出哪一種關係。
然後，試過了，
他感到似乎不行了，不可以更親密，
於是他又要再逃避你，
不見你不找你，
也不要讓你遇見、讓你找到……
你呆在原地，彷彿自己變成一個，
不甘心不忿氣、太執著太糾纏的角色。
別人還笑你傻，朋友也勸你快點看開，

你卻苦笑不得，也不知該如何對人說明。

其實，
你不是不知道要放手、要退後，
只是有時候，
你想退後，對方偏偏找回你。
當你想跟他走下去，
但他還是比你早一步放手。
你看著這個人遠遠離開，
只望他下一次回來，
自己還會記得這一個教訓……

The last way
I miss you.

只望自己有天不會再暗暗盼望，
他又再一次回來，
讓自己再一次心軟。

底 線

以前，
你未必會知道什麼是底線。

聽說，對一個人好，是應該的，
為另一個人付出，是必須的。
犧牲、受傷，是在所難免，
不求回報，就是為了要對方快樂。

愛是凡事包容、相信、盼望、忍耐、
不嫉妒、不自誇、不張狂、不求益處、
不易發怒、不計算人的惡，
還要是永不止息的。

然後，你或者做得到，
又或者做不到、但仍然努力想去做到，
甚至，這些並不是你真心覺得應該要做到的，
但因為你喜歡對方，想令對方開心，

The last way
I miss you.

你寧願改變自己，

寧願無視自己的感受與需要，

即使那開心，只不過短暫幾秒，

即使將來，對方都未必會記得這點心思。

然後，你試過在對方午飯的時候，

山長水遠特意送上對方喜歡吃的甜品。

你試過因為對方一時的心血來潮，

而不理工作走去排隊買演唱會的門票。

你試過為了每天見到對方，

無視自己下班後有多疲累有多需要休息。

你試過因為體諒對方工作忙碌經常要加班，

而不敢打電話不敢發訊息不敢問對方為什麼沒有回覆。

你試過對方有很長時間沒有找過你了，

但當對方一找回你，就不理一切立即趕去見對方。

你試過生病的時候，對方打電話來但沒有慰問，

最後你上了對方的家，只為了煮一餐晚飯。

你試過跟他吵架冷戰講道理發脾氣，

然後每一次都是你自己心軟主動哄回對方。

你試過……

有一天，

在你又乘車去找對方的時候，
你忽然想起，自己正在做著什麼，
這些日子以來，自己為的到底是什麼。

以前，你會這樣子不嫌勞苦，
去為對方做這種事情嗎？
以前你會肯放下所有自尊，
只為了不想讓另一個人生氣？
彷彿是很久以前的事，
彷彿所有感覺都已經麻木。

但會的，你心裡有道聲音說，
你是會願意為另一個人去這麼做的。
只要對方肯真心對待自己，
只要對方會珍惜、明白自己，
只要對方偶爾肯回望自己、對自己好一點，
只要對方有將自己放在他的心裡，
只要對方不會背叛、拋棄自己，
只要對方心裡沒有別人，
只要對方最後會回來自己身邊，
只要⋯⋯

對方不會越過自己這一條底線。

那一刻，
你忽然清楚了自己最想要的是什麼，
也忽然明白了自己的底線。
以前你不會察覺的，
在你最初喜歡對方的時候，
以前你不會在意的，
只要對方仍能讓你感到快樂。
但你終於發現了，
自己並不是真的沒有底線、沒有感受，
在度過了多少個難熬苦澀辛勞的日與夜，
如今你好想讓對方明白這件事，
好想對方不要再挑戰你的底線，
好想對方會感悟，你的底線，
其實已經降得太低太低……
好想對方能夠讓自己不再卑微與困倦，
好想不要再活在這底線上的世界……
只是，你也許會不敢相信，
對方會明白、會願意為你改變。
只是，你也許會不想終結，

這段即使不值得自豪但至少還延續的關係。

每個人都有一條模糊的底線，
用來保護自己、對別人的傷害做出反抗。
但當有一天你會太清楚，
自己的底線是什麼，
也許我們都已經變得習以為常，
不懂得再去為自己的權利去反抗。
又也許，
我們會為自己找一條更低的底線，
用來安慰、欺騙自己，
讓自己在那一而再的傷害前，
能夠彷彿好過一點，
為了不讓對方超越自己的底線，
而找一條更低的底線。

這天你又會否清楚，
自己的底線遺留在哪裡？

放 棄 的 權 利

有時候，在不知不覺間，
　　　你會忘記了自己真正想要的，
以及，本來應該有的權利。

被無視被冷落，沒有一個人喜歡。
你相信，對人好，
應該會得到別人的喜歡或欣賞。
但畢竟，世事並不會如此完美，
總有些時候，你對一個人好，
對方反而待你更加不好，
你一次再一次越過自己的底線，
去付出去堅持去努力去守候，
但對方依然會無動於衷。

或者，偶爾，
他會表現得對你有點不捨，
但漸漸你會發現，

那些不捨的目光與聲線，
都出現在對方察覺到你想要離開的時候。
而更好笑的是，
對方也察覺到你的這種察覺，
卻繼續依然用這種態度，
忽略你、或留住你，
每次都令你心灰意冷，
每次都令你欲罷不能。

或者你會自覺，
自己彷彿被這一個人完全控制住。
明明他對你沒有太多尊重，
明明就連你也會自嘲自己為奴隸或小丑，
但在經過這樣幾次你要離開、
他裝作挽留的拉扯戲分，
你漸漸都開始放棄，去真正離開這一個人。
你會繼續留下來，
但也不會再說什麼要堅持、
終有一天要感動他、
要陪他到最後這類偉大的話。
你就只會在他需要的時候，

陪他見他等他對他好；
到他不需要自己的時候，
你就一個人再去嘗試學習獨處，
又或是找朋友來狠罵自己不要再犯賤下去，
直到，朋友都漸漸懶得理會自己，
直到，你都真正習慣一個人寂寞。
你可以若無其事地去繼續付出、
或一再被無視，
彷彿練成金剛不壞之身。
再沒有任何事情可以傷害自己。

The last way
I miss you.

旁人或會說，
你愛他愛到不顧自己的地步。
但每次聽見這類說話，
你都會感到恍然若失。
也許因為你知道，其實，
你只是讓自己去待他好、去繼續付出，
做好他想你去做的角色，
但那一個，並不是你真正的自己。

真正的你是，當你……

被對方冷落，會不甘寂寞；
被對方傷害，會感到傷心；
被對方欺騙，會不禁生氣；
被對方無視，會心灰意冷；
被對方著緊，會想要回應；
被對方凝視，會不敢呼氣；
被對方珍惜，會感到窩心；
被對方喜歡，會海闊天空。

但如今，你都已經忘記了這些感情，
你讓自己被愛的權利，
連同愛人的權利都一同埋葬。
你只是記得要對他好，但不能愛他，
你只是飾演一個完美的好人，
就算忘記了放棄的權利，
都不懂得介意。

唉。

玩 不 起

有些人，你仍然喜歡，

只是有些感情，你實在玩不起。

你有多喜歡他，他是知道的，

而你也知道，他其實另有一個伴侶。

但縱然彼此心知肚明，他還是每天找你，

跟你短訊亂聊，直到夜深；

約你晚飯散步，直到尾班車開出。

偶爾，你們的手會互相碰觸，

或有意，或無心；

偶爾，他會對你有點過分親暱，

但輕輕交會過，卻不留下印。

他 是 想 跟 自 己 發 展 嗎 ？

你始終無法肯定，

偶爾，你會聽到他抱怨，

他的另一半對他如何不好；

偶爾，他們吵架了，

他又會找你說心事，

可是……

漸漸，你們說的已經跟他們無關，

漸漸，彼此靠得越來越近，

近得超越朋友的程度，

但你還是沒能忘記，

自己並不是他的另一半。

可你偶爾又會禁不住去想，

你們會親密到哪一種程度，

是應該如此下去嗎，是可以對他期待嗎？

然後，在你尚在迷惑的時候，

他偏偏又回到另一半的身邊。

在你開始想要跟他認真發展的時候，

他偏偏開始少去理會你的短訊、來電。

當他不在自己身邊的時候，

你才發現有他在旁的快樂與滿足，

直到現在他走遠了，

你方發現等一個人的回應，

是有多麼痛苦。

就在早些日子，
他總是會將自己放在第一位，
總是立刻回覆自己、
總是第一時間去滿足自己的願望，
但才相隔了一段短時間，
他的重視又放回到另一半身上。
你會想，自己其實又算是他的什麼，
就算有時會得到他的珍惜，也始終是有時，
時限過了，他還是要回去另一半身邊。
而自己又可以做些什麼，
重新引起他的注意，
而自己又可以憑藉什麼，
來留住他不要回去。

偶爾你又會理智地跟自己說，
實在不應該再如此下去，
對你對他也不好，
他也不應如此背叛他的另一半。

偶爾，你又會奢想，
自己是不是應該勇敢點去爭取，
去做他真正的另一半，
即使被人責罵自己是第三者，
即使要傷害別人，
也好過如今只有自己一個人痛苦……

偶爾你會叫自己不要太認真太投入，
這不過是他的一時逢場作興，
既然彼此都得到過開心，
又何必為那短暫的虛假而想得太多。

偶爾，你又會覺得自己太傻，
為什麼會中了這一個人的算計，
他從來都沒有對自己許下過什麼承諾，
他就只是想讓你陷進若即若離、
患得患失的情緒中，
來支配你的心思、放下你的底線，
來讓你都忘記了，
其實跟一個人交往，是應該要一心一意，
既然心裡已有所屬，

The last way
I miss you.

就不該再去挑起另一個人的感情。
我們也不應讓自己陷進這一段，
始終不可安定的關係裡，
不應該去喜歡一個總是容易變心的人，
寧願尊貴地獨行，也不要成就他的濫情⋯⋯

是的，如今你都忘記了，
這些以前你一直都堅持相信的價值。
每次他找回你，你都只會想著如何留住他，
怎樣才可以見多一點、讓他找你多一些；
又或者是，
想著怎樣才可以忘記他、不再想念他，
何時才可以離開他的支配。
不停想，他可不可以別要再回來，
給你一刻甜蜜溫暖，給你更多困倦苦惱，
不停問，自己能不能夠不再心軟，
不要再一次迷下去，沉下去⋯⋯

有些人，你仍然喜歡，
只是有些感情，你實在玩不起。

因為你知道，只要一開始了，
　以後就會，
　　　沒完　沒了。

The last way
I miss you.

已 讀　不 回

也許你曾遇過這種情況，
　短訊發給了對方，對方收到了，
　　也已經看過，但是對方沒有回覆。

你看著螢幕，一直等，
等了一會，又等了多久，
對方都沒有回你半點文字，
甚至一個符號。
留給你的，
就只有不斷變化的在線狀態，
還有最後的在線時間。
彷彿是怕你不明白，
他並不是沒有一點空餘時間，
彷彿是要偏執地向你說明清楚，
他是不想回應你的訊息。

然後，你繼續空等，繼續呆望，

想到了很多，也想得更寂寞，

一些不應該猜想的可能性，

一些不應該蔓延的壞情緒，

漸漸侵蝕了你對他的期待與信任，

也漸漸讓你自己的心變得更冷更消沉。

等得越久，越不懂得去笑，

空想更多，讓自己的心更凌亂，

最後，就只懂低頭追看手中的螢幕，

再不記得抬頭欣賞，天上的美麗無瑕……

已讀不回，

也許是他太忙、或忘了，

又也許，只不過是他的不懂得尊重，

也不懂得你是如何認真。

其實你真正在乎的，

不是他的一個回覆，

而是他的著緊、還有認真。

但不論如何，你再等，

他是始終不會回應，

你又何必要繼續對著螢幕亂想，

讓自己的心再蒙上更多塵埃……

然後有天，他終於回應了，

你也不懂得再去反應。

然後哪天，你不會再因為他而低著頭，

只是也忘記了，

如何再對身邊的人開懷歡笑。

The last way
I miss you.

同 步

有天你會突然發現，
自己原來在不知不覺地，
　　與另一個人變得如此同步。

明明彼此沒有溝通，
但就會想著同一件事情。
明明從來沒有透露，
但就會喜歡同一首歌曲。
才說了半句的話，
對方能夠接上下半句。
只是一個眼神交流，
　　自 己 的 想 法 就 已 被 對 方 看 穿 。

其實最初本來只是巧合，
但隨著這一點點的近似或相同，
讓兩個本來不熟悉的人，
走得越來越近。

其實一切本來就很平常，
　想法相似的人自然會聚在一起，
但我們卻會寧願相信，
彼此間是存在著一種難得的默契——
原來，我們是如此合拍；
原來，我們是如此同步；
同步得，就像是一對知己好友；
同步得，就像是生命中的另一半。

在對方需要自己的時候，
我們彷彿能夠心靈感應得到。
在自己想念對方的時候，
我們又會收到對方的短訊或來電。

　即使沒有說穿，
　但我們會知道對方昨晚曾經為誰失眠。
　即使沒有求證，
　但我們會相信自己是對方最關心的人。

也許當發展到這種地步，
這已經不是單純的同步或默契，

你知道這當中有著不一樣的意思。

但我們依然不會向對方說明或詢問太多，

只相信，對方就是與自己最同步的人，

只肯定，對方才是最了解自己的人，

就讓這一切一切，都盡在不言之中，

就讓這種心跳這種親密，

再延續多一天、多一分、多一秒……

直到有天，

我們漸漸變得疏遠，

我們開始沒有再收到對方的來電或短訊，

而我們依然不會向對方探問半句，

我們只會肯定或相信，

這就是我們之間別離的唯一方式。

直到最後，

我們依然是如此同步，如此的默契。

即使沒有人能夠為我們作證，

也沒有人能夠為我們記錄，

這一段難得心靈相通的曾經。

但我們會一直記下去，
將這些都刻印在最深的回憶裡，
與回憶裡的人繼續同步。
直到哪天我們終於明白或承認，

有些事、有些人，
早已經不會再，早已經不再一樣。

偶 爾 醒 來

有時候，你的理智，
是被對方逼出來的。

他說，他很在乎珍惜你，
但你試過太多次被他忽視。
他說，你是他最重要的人，
但你知道他身邊有太多比自己親近的人，
似乎那些人比你還更重要。

你做過很多事情去讓他喜歡，
但漸漸你所做的變成理所當然，
然後又被他理所當然地忽略或忘記。
你試過叫自己不要想太多別再不忿更多，
但他始終沒有顧念你的感受，
最後你發現自己所得到的回報，
原來還不及他新相識的一個朋友，
甚至最後，還要得到他的討厭或背叛，

將你這些日子以來所做的一切，
都全部推翻……

以前你其實並不是沒有察覺，
這些問題、這些不合理。
旁人問你，不苦嗎，值得嗎，
你每次不是微微苦笑，
就是惘惘然，不知該怎麼回答，
然後又繼續重複循環，
你付出他接收、你在乎他敷衍的戲分。
你寧願放棄理性思考，
不再要求合理公平，
也不希望讓他有機會煩惱、或逃避，
甚至是變成他要離開你的藉口。

然而，你的底線再低，
也是有一個限度，
有一次他終於做了某些，
越過你底線的事情。
你真的生氣了，終於忍不住，
要去向他表示你的不滿，

你或會不留情面地羅列他的種種過錯，

那一刻你會很理智，

將他一直以來對你的不珍惜不了解，

深入冷靜地全面剖析批判。

他的自私與虛假，

彷彿都可以被你完全看穿。

其實他最在乎的，從來就只有自己，

其實你付出再多，也是沒更多意義。

這一次，你真的心淡了，

你跟他說，你不要再這樣下去，

不如，不要再見……

然後，你一直等他的回應，

然後，他終於回應你了，

哪怕只是一聲對不起、

或一些似是而非的理由和藉口；

然後，你原諒了他，

你們又再繼續之前重複循環的舊路，

沒 有 更 進 一 步 ， 沒 有 改 變 什 麼 ……

有時候，你的理智，

與其說是被對方逼出來，

不如說，是你在退無可退的時候，
所能做出來的一種自我保護。
但這種自保，不是讓你從此離開這個人，
而是透過偶爾的理智、一次性的生氣發洩，
來讓自己的情緒和感情得到舒緩和平衡，
好讓自己可以再繼續和這一個不會變改的人，
相對下去，支撐下去……

其實如果真的可以理智清醒，
就應該明白，離開一個人，
從來都是一個人就可以決定的事，
又何需要對一個始終冷待自己的人，
要求諒解或再去申訴太多。

其實，如果根本並非決心離開，
理智再多，
也不過是用來欺騙自己。

單 字

「嗯」這個字，
可以有很多意思。

可以代表，你知道了，
也可以代表，你知道、但沒有答應；
可以代表，你看到了，
也可以代表，你看完了、但不會記得；
可以代表，你明白我的說話，
也可以代表，你不明白、只是裝作明白；
可以代表，你回應了，
也可以代表，你不想再說下去；
可以代表，你有想過，
也可以代表，你其實沒有想更多；
可以代表，你的心在這裡，
也可以代表，你的心不在這裡；
可以代表，你很著緊地回覆我，
也可以代表，你只是不想我再騷擾你。

嗯，是這樣的，
彷彿可以有很多意思，
也可以是沒有多少意思。
一切全憑接收的人去詮釋或想像，
即使那其實只不過是一個單字，
或一個單音……
可是我們卻會為這一個字，
而想過太多、或失落傷心更多。
直到最後，我們終於也學會，
用其他的單字來回應對方，
「哦」、「唔」、「噢」、「好」、
　「沒」、「不」、「拜」、「嗯」……

直到有天……

**我們不會再跟對方説
任何一個字為止。**

在 乎

有時候，

對著一個你想親近、但總會忽略你的人，

除了無可奈何之外，我們什麼也做不到。

跟他說過的，他不會記得；

明明有交代過，他也不會放在心。

恍似才左耳入、然後右耳出一樣，

就算他親口應允過你，但結果，

還是一樣。

可是你知道，他本身並不是一個善忘的人。

他會記得別人的生日，但偏偏不會記得你的；

他會特別記住一些要緊事，

但那些事情總會與你無關。

彷彿事情只要發生在你的身上，

他就會自動變得不會上心。

回看你與他的日常相處，
上街時，他不會怎麼照顧你、配合你的步伐；
吃飯時你坐在他對面，他總是不會正眼看你的臉；
你逗他說話，他會冷冷淡淡的，或故意拿出手機來玩；
你覺得累了、說不出話，
他卻會打電話給朋友聊天，聊很久很久。

有時與朋友們聚會，
聊天時，他也只會看著其他人。
你搭話，他的語氣也是冷冷，
然後一句起兩句止。
同行時，他會與你保持著一段距離，
大家合照，他也不會靠向你，
甚至與你站得遠遠……

當你試過太多以上情況，
你就會開始理解到，
有些東西真的不用說出口，
身體語言已經表明了一切──
　　他不想跟你親近。

對著這樣的一個人，

即使你替他做了幾多了不起的事情，

或是你遇到了什麼不快事也好，

你也只會覺得沒有差別。

他不會欣賞你，不會主動關心你，

不會花時間去了解你，

更別說他會為你放棄一些什麼。

儘管你跟他相處了一段不算短的日子，

已向他說過你的一切一切，

但當你問他「我最喜歡吃什麼」這類簡單問題時，

他很可能會想了大半天也說不出正確答案，

甚至不屑回答。

你在乎，他不在乎，

這樣的一段關係，

你為何還要努力下去？

他也沒有要求你留下，

你再這樣下去，反倒顯得你自己愚笨了……

你有努力維繫過，已經足夠了，

愛自己多一點，離去吧……

離得開，方可以感受海闊天空，

放得低，你才會找到真正在乎你的人。

不過，以上這種情況，
還不算是最無可奈何。
有一種人，總會在感到你想要不再在乎的時候，
才會對你顯得有一點在乎；
然後到你不忍心離開了，他又會故態復萌，
而你，也再沒有力氣離開了……

也許有時候，
　我們最在乎的，
　　不過是想對方
　　　會在乎自己多一點而已。

縛 纏

有些事情，
你可能怎麼都無法明白。

為什麼他可以如此放任，
可以如此不在乎，
為什麼他能夠讓你獨自空等，
而不會顧念你的寂寞，
為什麼明明看見你的難堪，
但他還是只會沉迷於他的快樂，
為什麼明知道再不著緊你就會遠走，
可這夜還是由得你繼續苦苦支撐。
為什麼如此的了解你，
但偏偏又這般不諒解你，
為什麼始終不肯坦白交心，
每次都只會敷衍掩飾逃避自己。

你不能明白，

The last way
I miss you.

為什麼他不能明白你；
但偶爾，他看著你，
也許他也會不明白，你為什麼不明白——

為什麼你總是要糾纏在他身邊，
為什麼他已經如此冷淡、
但你還是要付出更多，
為什麼你可以容忍他的惡行、
從來不會或不敢生氣；
為什麼你不能夠像他那般乾脆，
說走就走，不眷戀舊時；
為什麼他要因為你的那點溫柔、
就要勉強自己去回報你；
為什麼等你開始想離開了，
他卻又會有一點不捨……

你不明白他，他也不明白你，
偶爾會想對方明白更多，
但是又不知道該怎麼讓對方知道，
偶爾又怕對方明白太多，
看穿了自己、支配了自己。

也許，你們的不快樂，
是源於對彼此的不夠了解，
但越不了解，你還是越想了解……

這大概就是喜歡一個人，
所逃不了的縛纏。

The last way
I miss you.

絕

你永遠不會不記得，
那一天對方的絕情。

打電話給對方，不肯接聽，
留言了，沒有反應；
短訊，不曾回覆；
臉書，也被限制了閱覽權限，
後來甚至還被封鎖了，
連同 whatsapp、IG、
那些曾經將你們日夜連接彼此拉近的工具，
那些有著許多又好笑又無聊又快樂的回憶……
被捨棄了，但你卻不知道為了什麼原因，
都不再了，

但 你 卻 仍 然 想 著 要 重 新 開 始 。

但每次當你在街上或聚會裡，
意外地見到對方的出現，

見到對方臉上的陌生與冷漠，

你很清楚對方是不可能想再重新開始，

甚至不想對自己解釋太多，

為什麼那天要如此絕情，

為什麼就是要自己受到如此懲罰……

你只有讓自己漸漸去學習或接受，

對方已經對自己不屑一顧，

自己如今唯一可以做的，

就是跟對方一樣，

如何可以對他也不屑一顧，

不再對他的近況有太多牽動，

不再對有他的曾經有太多懷念，

不再想不再等不再苦不再怕，

那種心被掏空了的滋味，

那些不明不白的委屈感覺。

然後終有天，總會遇到新的人吧，

總會忘了這個應該過去的人；

終有天，成長會讓此刻的難過壓成瑣碎，

你還可以肯定的，

就是自己認識過這一個人，

在某一年、在某一個秋季，

曾經你太想念這一個人……

然後，最後，
再沒有其他了，
你以為自己一個人，
也可以過得很好很自由。
然後，最後，
來到這天，你忽然收到對方的短訊，
他配上笑臉符號問，
你還好嗎，很久不見了，
有想起我嗎？
你再看回對上一次、那最後一次的短訊裡，
對方的冷漠與絕情，
你冷笑一聲，你深呼吸一下。

你永遠記得那天的絕情……

只是如今這個普通的問好短訊，
卻讓你看了一遍、又一遍而已。

有時　執迷。

其實你知道，他是不會回頭。

自己其實並沒有太多堅持，

自己其實就只有一點留戀、

一點　不　捨　。

其實早就已經知道沒結果⋯⋯

其實，

我們只是在

懲罰自己而已。

The last way
I miss you.

如 果　我 們 不 再 見

也許是莫名其妙，

也許是早已預見，

這一天，自己與那一個人已經疏遠。

以前，會時常傳短訊的；

以前，會一起看電影的。

曾經親近，曾經無所不談；

曾經傾心，曾經會相對微笑。

但現在打開手機，對上一次通訊，

已經是許多個月之前；

最後一次見面，是去年的冬季嗎？

如今只記得，當時的氣氛是有多漠然。

其實是有多麼著緊對方，

有多麼想……

一同再談天說地，

The last way
I miss you.

一同去四處拍照，一同品嚐各種美食，
一同成長、經歷以後每個階段的人生，
一同⋯⋯

如今，就只可以一同在網路裡，
貼圖片、打文字、讚好、分享，
讓某人如果有天突然記起自己的話，
還可以從這虛擬世界裡得知，
自我們再沒有見面後所曾面對的世界。
那一個世界或許是快樂的，
偶爾也有些失意，偶爾會覺得難過，
偶爾會遇到另一些願意對自己微笑的人⋯⋯

只是如今這個世界，已經再沒有某人的存在，
就算你曾經在哪個夜深、
在 stories 裡為某人記下過多少感受，
就算你如今還是會保留、
自己和某人攬在一起笑得開懷的合照，
但你不會知道，
某人到底有沒有來看、看不看得到。
還是像自己一樣，

The last way
I miss you.

看完對方的 stories 後，不會留下一個讚好——
雖然你其實只是，不敢讚好，
怕自己的唐突會打擾到對方，
還是怕對方不想再見到自己的名字，
即使我們還是朋友、網路裡的朋友，
但，那已經是屬於過去式，
但，我們都已經不再見……

聽說，疏遠了的兩人，
再見了，也難以再是朋友。
那麼，就讓我們以後都不再見，
如果這是你的希望，

就 讓 我 成 全
　　這 最 後 的 義 氣 。

到 此 為 止

有時候，原本一直都在堅持的你，
會忽然變得，想就此放棄，
想不如，到此為止。

原本你還會想，
都已經堅持了這麼久，
再堅持多一會兒，又有什麼關係。
原本你昨晚還會安慰自己，
也許，再多等一會兒，
自己就會得到自己最想要的，
那一個你喜歡的人，
到時候，你們一定會很快樂很快樂……

但然而，這一些自我催眠，
這一些似是解藥的毒藥，
也會有失效的時候。
當夜風翻起，當你又是一個人，

你在螢幕裡看著他，
似近，還遠，
其實你等他已經很久很久，
等的，也許就只是他的一個回應，
一個答案。
你知道，他知道你仍然在等，
但你不知道，他一直都沒有回答，
其實是不是等於是一個答案，
一個自己不想要的答案。

然後，你開始會想，
為什麼，他始終都沒有回應自己，
為什麼，你要一個人太努力地堅持下去，
難道這段感情，真的要歷經更多苦澀，
才可以開花結果？
但你只不過是一個普通人，
你的勇氣，在一晚又一晚的獨自等待，
在一次又一次的吵架或無言後，
漸漸磨蝕殆盡。

縱然他說過，他會在乎你，

不想你受傷不想你太不開心，

但你始終害怕，這到底算不算是同情，

而你知道，其實他隨時都可以輕易地轉身離開，

其實，還有其他人願意對他更好更好。

也許，他終有天會找到他的真正伴侶，

也許，他終有天會將自己留在記憶的角落裡，

即使你們曾經相親如一對情侶，

即使，曾經在某一刻某一秒，

你相信，你們的靈魂有過最深刻的共振……

但如今這些都已經成為過去，

如今，這一個晚上，

你只能夠看著螢幕，自己一個人去呆想，

這天，他遊走到世界哪個角落？

這天，他身邊的又會是誰？

他會想念自己嗎？

他會擁著哪一個最珍惜的人，

一起細語，一起到老……

如果，最後的答案只能如此，

那不如，將自己僅餘的勇氣收起，

The last way
I miss you.

不如，不要再堅持不要再認真不要再期望，

不如，就到此為止吧，

不要再為他的一直沒有回覆，而想得太多，

不要再為你們的不明不白，去守候更多……

到此為止，讓自己再好好過日子，

這樣，應該會更好，

至少，不要再讓他煩惱，

至少，

自 己 可 以 更 自 由 一 點……

但這樣的到此為止，

隨著有天對方終於找你，

就會被你拋諸腦後。

除非，你忍心不再理會他一句；

除非，你捨得忘記這個最難忘懷的人；

除非，你們真的不再見面，

真的，到此為止。

否則再想更多，讓自己再失意再消沉，

也只不過繼續消磨自己的力氣，

不論是離開的力氣，

還是將來哪天，

你想要再重新開始，但你的力氣，

早已在舊時的那些夜深燃燒殆盡，

你們的關係到此為止，

The last way
I miss you.

但你的回憶旅程，
卻始終未可停止。

唯 一

如果我們再次交好，如果我們做回朋友，
如果我放過自己，如果我不再堅持……

我相信，我一定會漸漸放低過去，
漸漸，不會再執著於你這一個人。
偶爾我們會在聚會碰面，
問一下彼此近況，玩笑客套幾句，
然後，不會再深談下去。

又過幾年，我們若然再見面，
我們也許會彼此介紹自己的另一半，
又也許我們已不會對話，
只會跟另一半說，自己認識這一個人。

或許我以後會收到你的喜帖，
我成為了你婚禮中芸芸賓客的其中一個；
或許，我也終會給你一張喜帖，

但是在寫上你名字的時候，會有點不能確定，
怕會寫錯你的名字，即使你最後其實也沒有出席。

然後，我會聽誰說起，你有了孩子
又聽誰八卦，你不久前離婚了，
然後，聽說，你去了外國工作，
而我對這一切一切已不再縈懷，
甚至是會，感到陌生。

大概我只會記得，曾經有過你這朋友，
與你就只是普通的、不重要的朋友關係，
就像那種在街上偶然碰到，
會彼此客套一下、交換一些並不深入的所謂近況，
最後約定下次再約，最後我們沒有再聯絡……
又可能在街上遇到了，我們連招呼也懶得再打？

也許如此。
但你依然會是我的朋友，在有需要的時候，
在我會記起你的時候……
雖然我都不熟悉你了，
雖然你可能都不再當我是朋友。

但我知道這就是成長，這就是成熟，

這就是放開，這就是看透……

不要再為過去的人與事執著太多、遺憾太多，

不要再念記一些不會屬於自己的人與感情，

不要再妄信不可能出現的奇蹟，

不要再為想得到但得不到的，加添太多光環……

你，只是朋友，只是普通朋友而已，

有天終會變成某某，有天終會如同陌路。

我會忘記你的，在你忘記我之前，

又或者變成只會客氣客套但不深厚深交，

即使在很久很久以前，

即使在此時此刻，有一個人，

曾經為另一個人如此執迷不捨追隨著緊在乎痛忍

堅持不悔茫然心癢苦等煩惱空虛自欺快樂難過，

曾經，有一個人，

不願就此完結，

不 想 ， 不 會 ， 就 這 樣 忘 記 ……

但其實，有誰說過，

這只是為了一口氣而已。

但如果，有天，將來，

我會如此忘記你、相見也不再相識，

我寧願慶幸，

如今自己仍然幼稚地爭那一口氣，

即使，我們最後也是相見不相識⋯⋯

但我知道，我會永遠都記得你。
而這是我愛你的唯一方式。

The last way
I miss you.

淡 淡 然

麻木了，
　　　　不等於沒有感覺，
　　　　不等於不會痛楚。
淡然了，
　　　　不等於以後了無牽掛，
　　　　不等於可以更加英勇。

等得久了，仍然會寂寞，
想得多了，還是會惶惑，
痛得狠了，依然會皺眉，
迷得倦了，始終會醒來……

即使，其實，
有時並不想太過清醒，
有時還是故意讓自己麻木，
來裝作不知疼痛、不顧後果，
去繼續任性，去更加沉迷。

只是，灰心得太多，

還是會心碎，

就算再懂得如何淡然，

但所謂淡然，並不是本來應有的情感。

要對一個本來太在意的人，

表現得比對待一個陌生人更加淡然、沒有縈牽，

其實也只是尚未可放開的一種表現，

是一種讓自己不要太敏感的自我保護……

但請明白，請相信，

這一個笑著的我，並不是真正的我。

當我其實已經等你等得太久，

但我還是會笑著跟你說、沒關係……

當我其實已經對你笑得太多，

但你還是會沒有為意、沒有在乎多一點……

當我其實已經漸漸對其他事情失去興趣，

但我還是會因為你的一個來電而太認真太期待……

當我其實已經不再跟以前一樣快樂，

但你還是只會覺得不明白我的想法不想與我親近……

當……
有一天，你終於敏感的留意到，
我的臉上只剩下了淡然，
不管我其實應該要哭還是笑、
是應當慶幸終於得到你的著緊、
或是應該要終止接受你的無情，
但那一張臉上再無牽動，
但那一雙眼裡不再敏慧……

我想，那時候，
我是真的終於學懂，
如何讓自己不再對你太過敏感，
不再對你有更多難過、和快樂……
即使那一天，你難得反過來，
會變得對我在乎，對我的一顰一笑有太多敏感，
但那時候，我想自己還是會不察覺這變化，
因為一切感覺都麻木了、淡然了，
然後有天我們的故事終會變得淡然無味，
到時候，你會真正的離我而去吧，
到時候……

終於可以不用再自欺，
　可以自由自在的

　　心痛。

The last way
I miss you.

理 智

理智地想，

如果你已經很久很久沒有找過那一個人，

若這一天你忽然心血來潮、

下定決心去聯絡對方，

將你一直埋藏於心底的說話坦誠地讓對方知道。

從理性的角度來看，

大概對方也會嚇一跳，會感到不安，

又甚至是，對方都未必記得你是誰吧……

因為你們已經都有這麼多個日夜沒有聯繫，

因為對方可能已經不會，

甚至從沒有在意你這個人……

因此，如果理性地想，

既然都已經過去了這麼多日與夜了，

就算對方是你每一天都會最念掛的人，

但自己又何必再去自討苦吃、為對方帶來煩憂呢……

所以，理智地想，

不如就保持原狀吧，

不如就將這份喜歡一直埋藏在心裡，

不如就這樣，就到這，就好了……

不要被感情與過去擺布，

不要讓自己失去理智、失去自己，

一切都會過去的，嗯。

只是，

為一個已經過去了的人與事，

想了又想、理智再理智，

其實都已經不算是，

理智的行為了……

其實你知道沒有人會在乎你理智與否，

也沒有人會在乎你為那些事與情想過多少，

但你每天仍是一直叫自己理智、忘記、淡然、釋懷。

別人不會看得到，

你為此付出過多少心血精神時間力氣，

或曾嘗過幾多寂寞心酸失落苦笑。

理智地想，這是一件吃力又不討好的個人修練，

未必會得到支持，未必會遇到回報，

甚至未必可以成功……

但你仍是會為著一個你忘不了、
可能已忘記你的人，
想了又想，理智再理智……

是不理智的，你其實知道，
　　只是，你已經不願再回頭，
不會再回頭。

204

無 聲

很多時候，
別人不會明確地表示不喜歡你，
但是那漸漸在疏遠的距離，
你還是會清楚感受得到。

過去，他什麼事情都會主動讓你知道，
但現在要你開口去問，
他才會告訴你，有時還要不情不願，
彷彿是你在煩人。

你想見他，也無法向他表達，
因為他漸漸沒有空去接你的電話，
也沒有空去回覆你的短訊，
似乎比任何人都要忙碌，
似乎連回覆自己一次都太麻煩。
往往你要在過了很久很久以後，
才聽見他回覆說近來沒空見面，

才知道他只是忙到忘記回覆。

只是，你還是可以從網路裡得知，
他最近交了哪些新朋友，
但不過是他不想讓你知道而已；
只是，你還是感受得到，
他最近與誰變得更加友好，
但你也是不可能去過問一句罷了。
有什麼心事，你再不是第一個知道，
就算從前，他說過最喜歡對你傾訴……
有什麼煩惱，你也不需再為他分擔，
就算曾經，他認定你是他的最佳密友。

一點一點，他在逃避自己，
彷彿要完全否定，
他曾經對你的在乎與認定，
彷彿要讓你承認，
你在他的心目中並不重要……
但其實，這不過只需一句說話，
就可以向你說明清楚，
只可惜他還是選擇要用這種方式，

來讓自己累積失望無奈，
讓自己放棄、心息……

其實你好想讓對方知道，
真的，只需要一句說話，
不需再假裝在忙或忘了，
不需說一些不適合自己的藉口，
不用勉強，不要害怕，
你一定會撐得住，你會帶著笑臉，
不會在他臉前讓他有太多尷尬與難為，
不會因為他不想再親近自己，
而糾纏更多、執迷下去……

然而，他最後選擇了，
用這種無聲疏遠的方式來向你表達，
他不想親口對你說的那一句話。
然後過了多少日子以後，你才醒覺到，
自己的一再打擾原來是自討苦吃，
原來自己是從來沒得到過，

他 的 喜 歡 ， 還 有 認 真 。

意 義

有些事情，
你知道是已經再沒有意義。

留心著他最後的上線時間，
你知道，最後他也不會傳短訊給自己。
重遊與他去過的街道，
你知道就算再碰到他，
也不會再重新走在一起。
徘徊他所住的地方，
你知道，也許只會看見他與別人牽手。

重讀他以前所寫的網誌，
你知道他已經不會再有時間，
去為過去更新。
封鎖他的 whatsapp，
你知道，他最後也未必會留意得到。
為他再寫下幾多文字，

你知道，他可能也不會明瞭。

依然保存他送給自己的東西，

你知道最後也只會鋪上幾許灰塵。

仍然去哼他最喜歡的那首情歌，

你知道，他也不會想再聽到自己的聲音。

再關心、支持、守護、犧牲，

你知道，也不可能超越別人的位置。

再樂觀開心積極快樂，

你知道，他也不會再欣賞你的堅強。

想念再多記得再多，

你知道，如今也只有自己在乎。

等待更多、不捨更多，

你知道對方其實從沒打算為自己停留。

想下去，你知道事情還是不會有改變。

苦下去，你知道最後未必會苦盡甘來……

只是如此，

你還是會想知道或確認，

那些曾經，是不是真的從來沒有特別意義。

吃過同一杯雪糕，
走過同一道樓梯。
一同喜歡的那間餐廳，
一起愛上的那些電影。
從不間斷的手機短訊，
笑得燦爛的每張合照。

刻意交換的手錶和戒指，
無心寫下的字條與圖畫。
清晨時的來電呼喊自己起床，
夜深時的短訊提醒不要著涼。

The last way
I miss you.

風起了，小心身體；
下雨了，記得帶傘。
同遊過多少老地方舊城市，
同望過多少個夕陽與星火。
同做過多少白日夢，
同約過多少個未來。

那些特別為對方做的生日禮物，
那些只有你們交換的聖誕禮物。

那一天，右手與左手的似遠還近，
那一夜，眼光與笑意的似明未明。
他說過你是他最好的朋友，
你說過他是你最好的知己。
他是如此著緊，你是這麼在乎。
然後，你們有天變得不能再親近更多，
一天一點眼看著彼此變得更加疏離；
然後，你們有天變得不會再接觸聯繫，
所有發生過的都似乎變得再無意義……

有些事情，其實你知道是沒有意義，

但你還是會想，還是會繼續做下去……

或者你是仍然想尋找它們真正的、
或是其他新的意義，
或者你其實知道，是真的再沒有更多意義了，
就算延續再多一天、或多少年，
就算再重複下去、再重蹈覆轍……
其實你只是不想再沒有人會記得或在乎，
那些事情裡所曾有過的心跳和牽動，
即使最後始終沒有意義，

即使這天……

你還是會因此而繼續

心痛。

今 天 再 回 頭 看

如果我們有天再見，
我們還會說些什麼？

大概，我們不會向對方說，
那一次，看到你臉書的生日留言，
有多少震撼，又有多少無奈。
我們也不會再向對方說，
幾多個晚上看著對方的最後上線時間，
看著手機裡的舊照片睡不入眠。
那一句其實埋藏了很久的對不起，
如今仍是不能夠衷心開口；
那些最後沒有兌現的承諾，
還是不敢向你稍微抱怨，不想彼此尷尬。
不會說，
有些當時其實模糊的感覺，
在一次又一次的回憶、拼貼後，
如今終於明白當中原來有多深刻細膩，

The last way
I miss you.

縱然已經過去，但還是依然讓自己的心震動，
依然會留著，一點刺痛，一抹苦笑。
不會說，
曾經多少次重遊與你去過的地方，
為的只是要重溫你當時的笑容、你的溫柔，
為的，只是希望能夠在這路上再遇到你，
希望能夠與你，再重新開始。

但是這些這些，
我都不會再跟你說出口。
就如你也不會再跟我說，
你偶爾也會後悔，
當日最後我們為什麼要互不理睬，
為什麼不嘗試主動找對方，去主動和好，
為什麼要輕易放棄……
你也試過回頭，在那個風起的晚上，
拿起手機，想撥出那曾經熟悉的號碼，
想親口說一句，生日快樂，
但最後你還是將言語換成文字，
最後你還是沒有，送出那一個短訊。
那些我們一起去過的地方，

你也曾經重遊過，

那甜品店，那玩具鋪，那韆鞦，那搖板，

只是你與我重遊的時間不會一樣，

只是，你喜歡我的時間，

與我喜歡你的時間，並不一致……

這些事情，縱然依然會記起，

縱然，還是太過深刻，

但是如今就算會再見面，

我們也是不會再向對方說出口，

不會讓對方知道。

也許，我們只會說一些表面的近況，

只會笑談，最近有什麼趣事，

只會閒話，工作有多辛苦、社會有多不公，

只會問起，你跟另一半何時會結婚……

是呢，有些過去，

縱然難以忘記，縱然還放不低，

但再講出來，大概還是只會讓對方唐突或尷尬，

只會打擾到對方的生活、為對方帶來煩惱，

只會讓自己，再受傷多一次。

The last way
I miss you.

而如果原來，你也曾經跟我一樣，
在同一個晚上，曾經在同一段路上回憶過，
只是當時我們太沉溺過去，
我們都看不見、遇不到在身邊走過的對方，
然後，我們就這樣再次錯過了，
錯過了這些日子，直到如今，
你都有另一半了……

與其剖析真相，會帶來這樣的遺憾，
那不如，不要再向你講舊時，
不要再讓你知道，誰依然會在乎會懷念；
也許這樣大家還會好過一點，
縱然仍有少許尷尬，
但還是保留退後一步的空間，
與力氣……

又也許，其實你早就已經忘記了這些事情，
其實如今就只有一個人，在這天依然一再回頭，
回看這一個曾經太喜歡的人，
回看那些始終難忘的舊照片、舊訊息。
若是如此，那麼，

沒說出來，至少不會更難過，
至少，就只會有一個人難過……
至少，是應該深深慶幸。
所以，與其再說下去，
不如對你開心地微笑一下，點一點頭，
之後又再繼續讓彼此錯過。
然後明天，我會依然有力氣，
去再重新開始。

然後有天，
　我會再停下腳步，

又再回頭看，
　這一位最難忘的你。

未 説

有些說話，我們一直想說，
但是我們始終都沒有說出口。

見到你的時候，其實應該跟你說，
很掛念你，能夠見到你，真好⋯⋯
想念你的時候，其實應該傳短訊，
讓你知道，喂，我正在想你呢，你有想我嗎？
在街上見到你喜歡的事物，
我是應該立即用手機拍下照片，
然後傳送給你，讓你知道是在哪裡發現；
看到最美麗的夕陽，我也許應該打電話給你，
跟你說不能與你一同欣賞這景致，
是有多麼可惜⋯⋯

聽到喜歡的歌，我應該讓你知道，
最喜歡哪句歌詞；
讀到喜歡的詩，我應該向你分享，

為什麼會想你知道。
那天，你感到失意，
我應該開口讓你知道，
有一個人仍然會支持你；
那夜，你感到不安，
我應該說笑帶開話題，
不讓你再繼續想得太多。
很久沒見了，我應該讓你想起，
有一個人仍然留在原地等你；
感到洩氣了，我應該讓你相信，
你的片言隻語，
仍可為別人帶來無比力氣……

受傷了，還是想得到你的安慰，
迷失了，還是想得到你的陪伴；
錯過了，仍是想跟你說對不起，
後悔了，仍是想讓你知道，
不懂放棄……

但這些說話，
我，或我們，

The last way
I miss you.

都始終沒有讓對方知道。

或者是因為怕會唐突，

或者是因為怕會惹你誤會，

　或者其實只是因為，你我已經相隔很遠很遠，

再不是憑一句說話，

就可讓關係重新拉近的那種距離……

即使今天，我只是想告訴你，我很快樂，

即使昨晚，我其實想告訴你，很不快樂，

我們也只會告訴自己，或問自己，

你快樂嗎？你還記得我吧？

你……

其實是否忘了，

曾經有過這一個人；

其實是否忘了，

　　原來我們最後，
　　都忘了說再見。

自責

走的人，是他；
留的人，是你。

熱鬧了，還是會覺得冷然，
疲累了，還是會繼續遊蕩下去。
是想累到，頭腦再想不到其他事情，
還是希望，能麻木掉一切感覺，
包括孤單，還有心痛。
但走下去，已經遊走了很久，
在熱鬧裡找得到更多的孤單，
又逐漸記得更多從前的溫馨。
然後你會發現，原來繼續亂走下去，
　　並不是為了讓自己散心、淡忘，
是想要重溫當日的你們，
是想，能否再像那個夜深，
奇蹟的重遇他一遍而已。

再遇上他，這一個想法，
在你心裡不知已經預想過了多少遍。
也許，你一直都不能明白，
為什麼他要離開，為什麼他會生厭，
為什麼從前的熾熱會突然轉淡，
為什麼，最後他沒有告訴自己真正的答案，
甚至，留一聲再見……

你一直想，一直猜，
好的、不好的，可能的、不可能的，
你都虛構假設過了，
也許，他只是一時倦了，
也許，他是喜歡了另一個人……
也許，他原來想給你一個考驗，
也許，他早就已經將你拋諸腦後……
也許，他有一天就會回到自己身邊，
你們會再回到當時、繼續快樂在一起，
就算如今再苦再寂寞，你都可以撐過去……

有多少次，你懷著這個卑微的心願去入睡，
但又有多少次夢醒，

你看著沒有短訊的手機，

看見他在 IG 裡跟別人的笑臉，

你會明白，

也許那一切是早已經過去了，

是自己不該將他這個人輕易放走，

留下自己一個人去後悔，去接受懲罰。

其實，你沒有必要太責怪自己，

他要走，是你所不能勉強的。

就算你再得人歡喜，

一個心不在你的人，你是始終沒可能留住。

但，你曾經對這個人投放了太多希望，

到最後卻換來了種種失望，

未必是你所能承受得來，或願意接受，

即使旁人都勸說，他不喜歡你是他沒有眼光，

只是，你曾經付出過這些努力心血、真心誠意，

最後卻不能換到他的一點溫柔，

你會想，其實都是自己傻，

為什麼會為他付出這麼多，

為什麼會不帶眼識人，

為什麼自己這麼笨，
為什麼自己還放不低……

一直太習慣責怪自己，
久而久之，會變得什麼事情都會先自責起來。
他沒有回覆你，你會想是自己太煩人，
他忘了你的約，你會取笑自己太上心，
他的冷漠絕情，你會將它們當成報應，
他的優柔寡斷，你會小心的視作奇蹟……
但當你抽離客觀地看回這些事情，
你會很冷靜明智的暗罵，
為什麼當事人要如此自虐；
但當你仍沉溺在那種自責的情緒，
你只會在一旁看著他的笑臉，
一直反問自己，應不應該繼續下去，
或是取笑自己，這樣下去是否犯賤……

但你再怎麼亂猜或沉迷，
再如何心醉或心碎，
他是已經走了，
你付出過的，

是無論如何都收不回來。
再重遊那些地方多少次，
再自責自欺更深更痛，
你都不會再遇上曾經溫柔的那個他。

因為，他走了，

還給你留下一個孤單的世界，
即使以後你復原過來、劫後重生，
即使以後你終於在那段路上重遇這一個他，
但是你都無法忘記，
這些日子以來，他曾經給你的溫柔，
為你換來了多少刺痛……
你們都不再是，最初簡單明快的你和他。
走的人，是他，
但你沒必要承受所有罪名，
沒必要再追逼自己，
繼續迷失、遊走在這段街角、或那抹曾經……

累了，也不懂得放半天假期；
完了，都不記得要跟過去說再見。

你 一 句 簡 單 的 問 好

最近好嗎？
那天，你收到他的這一個問候，
然後你看著，看著，
卻不知不覺地想到了失眠。

已經有多久，沒有與他聯絡；
已經有多久，沒有再見過他的笑臉。
以前你們一起的時候，
他的笑臉，總是能夠讓你安然，
你也喜歡去做一些事情，
給他驚喜，逗他開心，
他笑了，你就會覺得幸福。

雖然認識不深，但你們已經走得多麼接近，
如親人，更如情侶；
雖然沒有明言，但你們都可以從對方眼中，
找回最純粹的自己。

世事萬物，朝露夜雨，

都因為有他的在旁，而變得美麗動人。

然而，那些日子，

短暫得讓你永遠深刻，

本來你還預期，

明天會跟他說更多有趣的事情，

本來，你還許願，

將來你們會走一段很長很長的路……

但當你開始認真的時候，

他卻忽然卻步了。

明明他還說過，你是他最好的朋友，

但那一天開始，他再不聽你的電話，

再沒有回覆你的短訊，

沒有半點原因，沒有一句解釋，

彷彿再不認識，彷彿從未友好，

讓你不能不接受，

其實他並非真的當你好朋友這個事實，

讓你不能不亂想，

其實他是不是只想去得到一刻的愛情……

即使你想找他求證，

他也只會一再逃避，

漸漸你都不想讓自己太過委屈，

也不想變得更加埋怨憎恨。

你寧願自己躲起來，

對著手機，看著他的最後上線時間，

一邊懷念，那些和他一起過的短暫時光；

一邊祈求，有天醒來能夠離開他的束縛……

然後，有天你知道了，

他身邊另有一個別人……

這消息讓你輾轉反側了多少個夜深；

然後，有天你醒來時，

你發現自己竟然沒有想念他，

只是同時間你又感到一點恍然若失……

然後，有天你再戀愛，

那一位新的他對你很好很好，

但有朋友說，新人的樣貌和他有一點相似……

然後，這天，

你突然收到他的短訊，

他向你問好，就只是一句簡單的問好。
曾經你為了想再得到他的一個短訊，
而守候許願了多少個凌晨夜深；
曾經你為了想跟他說一聲生日快樂，
而猶豫煩惱思量了多少分秒；
曾經，你為了要從此記住這一個人，
而反覆看回過去的短訊和合照幾多遍……
曾經，你為了不要再記起這個人，
不要再因為他當日對自己的不理不應、冷漠絕情，
不要再因為他而對其他人都失去信心，
不要再因為別人沒有來得及回覆自己的短訊、
沒有接聽自己的電話，
就會想得太多、茫然失措、過分緊張、歇斯底里……

你不想因為他留給自己的這些後遺症，
繼續遙控和影響，將來再不會有他的這些日子；
他永遠都不會知道，
這當中有過多少傷心痛楚堅持執迷反覆頓悟，
直到你漸漸，可以從他的束縛中淡然面對了，
直到你開始適應，其他人的笑臉，
與溫暖……

然後，
他一句簡單的問好；
然後，

The last way
I miss you.

你……
何必再要為
這個人
反覆的煩惱。

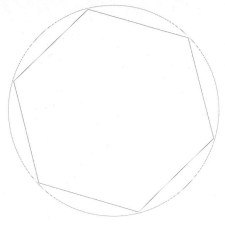

喜 歡 與 最 喜 歡

有些謎題，
你可能想了很久都沒有想明白。

他到底有沒有喜歡自己，
究竟他是否跟自己一樣，
是想在一起，還是其實只是自作多情……

但那些牽動、同步、心跳，
卻是如此深刻及明確，
你可以在對方的眼中，
找得到那點共振或共鳴；
你是因為他的笑容而快樂，
他是因為你的溫柔而安然。
你們結伴的時候，
是有多麼開心、滿足、興奮，
你捨不得他，而雖然對方沒有明言，
但你知道，他其實也不捨得你；

只是當你試著向對方表明，
你自己的感情、你的心意、你的認真，
你希望能夠真正與對方在一起。
但每一次，對方都沒有回應，
就只是輕輕帶開、顧左右而言他，
或是微笑不語，
又或者，不再讓你有試著表達的機會──
在你想明示或暗示之前，
已經先轉身離開，甚至是逃避不見你。
直到有天，你放棄了再問，
直到有天，你終於自己想明白那一個謎題⋯⋯

有時候，
一個人始終都不回應自己，
也許，是因為對方不想認真；
也許，是因為對方不懂得該如何面對；
也許，是因為對方沒有喜歡自己；
也許，是因為對方本身已經有更喜歡的人。
他不是不喜歡你，
只不過，他不是最喜歡你而已。

你們是應該在一起的，

旁人或連你們自己都如此覺得，

你們如此相襯、相親、相近、相愛，

只是，他不想因為這些原因，而與你一起，

　　只是，你不是他最喜歡的那一個人……

而有些比較，縱然對方是未必有心去比，

但在情感的世界裡，你知道，

有些事情只要一經內心認定過，

就很難再變改得了——

他，就只想跟最喜歡的人在一起，

而你，或許也不想跟別人去分，

這一個始終不屬於自己的人。

對方或許會感激你的明白，

又或許，你們漸漸會不再往來、

關係再不若以前，

但那些甜那抹笑那種美那點痛，

你如今還是會記得，

　　以後都會屬於，你曾經最喜歡的，
　　那一個人。

離 開 你 、 離 開 我

有多少次，

你曾經想過，

從此離開這一個人。

有多少次，

在你們見面的時候，

他就只顧著看手機，回覆別人短訊，

沒有留意自己的說話。

有多少次，

在你們逛街的時候，

他隨自己的步伐往前走得很遠，

把落後了的你忘卻，甚至沒有回頭。

有多少次，

你為了配合他而花了心思時間努力，

但他完全沒有注意或珍惜，

反而繼續無視你的感受，大意粗心依舊。

有多少次，
你跟他提出你們之間的問題，
但他就只會認為你想得太多、吹毛求疵，
沒必要談下去，甚至怪你為他製造煩惱……

其實，每一次提出問題，你都會有點洩氣。
你不會盼望，你們之間能夠心有靈犀，
他每一次都可以猜到你的想法和感受。
但你還是會希望，
有一次他會嘗試去主動去思考或感受，
你的感覺，你的心情，
就只是一次也好……

如果換轉角色，或許他會明白，
短訊一直都得不到回覆的滋味。
或許他也會明白，
自己被最重視的人所忽視冷落的感覺，
即使明明對方就在自己身邊，
卻感覺不到對方與自己的心靈有太多契合。

就算是兩個人牽著手走下去，
但彷彿是在各自練習著一個人戀愛。
然後你們漸漸不用再每天見面、每晚談電話，
一星期約會晚飯一次，談談近況，
然後只是逛一會街，然後各自回家，
恍如陌生的好友⋯⋯

其實你是有多麼想他察覺到這些問題的嚴重性，
可是他始終是不會明瞭、或是裝作沒發現。
到有一天你真的覺得太苦太累，
你嘗試平心靜氣，面對面跟他說出問題，
你期望透過放下你的自尊來換回他對你的重視，
只是，他或會覺得，
你太過小器、太過不成熟，
他每天上班工作已經很累，
為什麼你就不懂得去遷就或體諒⋯⋯

又或者他會辯解，其實他也有為你付出過很多，
只是那是為了你們遙遠的將來，
你是應該明白應該體諒應該相信應該堅持下去的⋯⋯

最初，你會隱約覺得，
他其實是逃避了自己的問題。
如果現在都走不下去，
那將來的幸福，其實又會屬於誰？
放眼未來固然重要，但此刻我們的這一段關係，
難道就不值得去付出去珍惜？

你是有多麼想讓他知道，
將來生活再苦、再不富有都好，
但此刻只要兩個人的心裡都有著對方，
會一起成長、一起同步、一起甘苦與共，
其他的，就已經不重要了……

可是，他卻未必想去明白，
又或者會覺得你的想法太天真，
你自我製造了太多不實在不切身的問題，
他覺得無須花時間去理會、無需要著緊。
偏偏你其實最需要的，就是他這一刻的著緊，
就只是這一次、這一分這一秒也好。

但如果再說下去，你知道，

漸漸他又會感到有壓力。
有時你也不想讓他為難、願意不再說下去，
有時他卻會逃避你的問題，不作聲不回應，
甚至不理會你幾天或整個星期，
寄望你氣消了的時候，才去理會你，
卻完全不會再提及那些問題，
彷彿那些都不過是應該被埋掉的炸彈一樣。
漸漸你肯定了，
他其實只是在裝傻、只是在逃避正面面對，
這一些真正存在你們之間的問題。

他不是不明白你的感受，
他只是不願花心思時間去想一些、
自己沒有把握或是不完全明白的心理，
又或者只是期待時間會慢慢讓你自我改造，
不會再介意、不滿不忿、要求更多、改變他更多。
他是太習慣了自己的一套生活方式，
不想也不知道還可以有怎樣的改變。

於是他寧願減少找你、不見你來逃避問題，
來掩飾，其實他也不知道該怎麼改變來配合你。

即使偶爾他會答應，

他會改的了、他會為你做得更好，

但往往過不了多久，他又會故態復萌，

開始再冷落你、

又再自然地將身旁的你，完全忽略。

其實你需要的，

不是一個口頭的承諾、

一些太遙遠的美好將來，

就只不過是他願意去正面回應你、

一起去思考去感受去溝通、

一同解決你們此刻的問題，

不需要他單方面勉為其難去改變或犧牲，

也不要再逃避自己、或離開自己更遠……

但是，這些心情，

他始終都沒有接收得到。

即使你們或許依然會牽著手，

但他一次又一次的逃避，

讓你們之間出現了太多裂縫，

你們的心，其實已經離得很遠很遠……

漸漸你都放棄，再去跟他表達或提出太多，
再想要他來關心自己或珍惜自己。
因為你知道，有些東西如果碎裂了，
其實只容許在有限的時候去做出修補，
如果時間過了，就算之後有多少後悔或真誠，
都無法再讓散落的碎片回復原狀，
再不會如最初般，亮麗無瑕。
你是太清楚這個道理，
因為過往一直以來，都是你自己一個人，
去為這段本來碎裂了的關係，
補救、或挽留。
但如今，你真的累了，
你不想再為這一根未斷的線，
而苦惱難過太多，
你不想再勉強去變改，你⋯⋯

終於做到他的理想，
不會再介意他的冷落，
不會再不忿他的忽略，
不會再要求他的改變，
不會再小器不會再天真⋯⋯

這一次，你想離開了，
無謂再勉強跟一個人在一起，
但彷彿仍然是自己一個人……

只望，自己明天可以放得低，
只望，他哪天想要挽回的時候，

自己不會又再一次心軟。

結束的勇氣

有沒有試過，

因為得不到對方的短訊回覆，

於是自己就再沒有勇氣去傳，

下 一 個 短 訊 ？

哪怕只是一聲問好、晚安，或再見，

你發出了一個震動，

換來的，卻是對方的無聲無息，

就只有上線時間的一再變改。

你最初也會擔心，

自己是不是說得太多、

會不會麻煩到對方；

然後漸漸，你又會想得更多，

也許，他是想避開自己吧，

又也許，自己就算再說什麼，

都已經沒有意義吧，

否則，不會連一句簡單的問好都不願回應，

否則，他不會寧願回覆別人，
都不願意去理會自己……

只是，你又未必甘心或相信，
自己被留在這一個卑微的位置。
你還是盼望、相信，或自欺，
最後他是會回覆自己，
可能他只是一時比較忙，
可能他只是忘了要回覆自己，
可能……
要再傳一個短訊，來提醒他未忘了自己？
可能……
他真的在忙著，你的瑣碎事情只會令他困擾？

然後越想，你又越變得茫然，
然後又再重複多一遍之前的煩惱。
即使其實，你就只是傳了一個普通的短訊，
即使其實，你只是尚未得到他的短訊。
但他的一個沒有回覆，
讓你茫然守候了多少時間，
讓你的自信與笑容都失去了多少，

而他卻是不會知道不會明白……

不會明白，
其實你只需要他的一句回覆，
就說一句，不用太多，
即使那是太明顯的敷衍、只有一個單字，
至少你也可以知道，對方再沒有興趣理會自己，
自己是不應再糾纏下去，是應該死心了。

但沒有回覆，
連一個單字或笑臉符號都欠奉，
那麼，自己是完全被對方無視，
還是，對方始終仍然在忙、忘了自己？
抑或，對方未想完全避開自己，
就只是暫時不想回覆，
又也許，對方只是想用這個沒有回覆來代替回覆，
想用不斷變化的最後上線時間來跟自己言明，
你，是不用再花更多心思和時間了……

但你縱然想像得再多再多，
他始終也是沒有半點回覆。

彷彿尚未到最後絕路，

也彷彿被對方判了死刑，

卻永遠不讓你知道真正的行刑時間，

似拖延，也像施捨。

可你只能繼續看著他的最後在線時間，

浪費了自己的所有時間。

還 應 該 要 如 此 下 去 嗎？

值得再為這個不願回覆的人，

花光所有精神心思、捨棄你的自尊嗎？

還是再鼓起剩餘的勇氣，

發一個短訊過去，來一次了斷，

然後他又再不回覆，

你又再循環多一遍以上的心情……

你將結束這一個權力，

交到一個不會顧念自己的人手裡，

這迴圈，只怕是不會有盡頭。

246

The last way
I miss you.

有時 放開。

如果執著太深，
深得會看不見天空海闊，
每天都只能夠為那執迷的人與事，

或皺眉，或不忿，或痛哭，或苦笑……

那麼所謂原諒，

其實
最終就是

為了

原諒自己。

The last way
I miss you.

太 好 的 你

曾經，你試過對一個人很好很好，

但對方會對你說，

你對他太好了，

可 不 可 以 不 要 再 ， 對 他 這 麼 好 。

對一個人好，本來是一件正面的事。

縱然你未必期望好心有好報，

但你大概沒有想過，

會得到對方並不正面的評語。

對你好，你卻說不要對你這麼好？

你是因為喜歡他，才想要對他好，

想對方會因此而快樂而歡笑，

就算不能讓對方永遠幸福，

但至少，如果對方有一刻，

因為你的付出而感到安然，

那麼，你就已經心滿意足⋯⋯

是的，你是這麼相信，而又付諸實行。

只是結果，你喜歡的人，

卻不喜歡你這麼對他好。

縱然有時候，對方沒有如此向你表明過，

但當你為對方做了許多許多，

對方卻總是會表現出一點無奈，甚至厭煩，

而這種沒有言明的態度，

有時卻會更直接打擊你的心情。

人大了，你或許會開始明白，

對一個人好，與對方是不是真的覺得好，

原來是可以不等同的。

有說，好心做壞事，

有時我們會將自己一套好的觀念，

加諸到一個有另一套好的觀念的人身上，

例如，你覺得朱古力雪糕很好吃，

於是就買了一大筒家庭裝的朱古力雪糕回家，

打算與家人分甘同味。

問題是，當家人沒有一個喜歡吃朱古力味雪糕，

甚至是本身就討厭朱古力味，

那麼這一種好，就會變成是一廂情願。

或者你會說，朱古力真的很好吃啊，
但對方就是喜歡其他的味道，
偏偏只覺得朱古力難吃，
這是勉強不來的，等於對方也不能勉強，
你從此不要再喜歡朱古力味雪糕一樣。
對一個人好，不是要勉強對方接受自己的好，
而是應該從對方角度出發，
去做或去給予，對方所喜歡的東西與事情。

或許，你其實明白這個道理，
也避免自己犯上這種錯誤。
只是，你小心經營、付出，
但最後還是得到，不獲重視的回應。
就算你再付出更多，就算你更體貼入微，
你已經站在對方的角度出發，
你也思考了許多種對一個人好的方法，
但對方仍是沒有欣然接受，
始終都，對你的好留有一點距離。
久而久之，你會開始質疑，
自己的付出是不是有價值，
又甚至是，對自己這個人也厭惡起來。

The last way
I miss you.

而直到有天，對方終於跟你開口說，
你對我太好了，
其實，你不用對我這麼好……

最初你未必能夠明白，這段話的真正意思。
你可能只會想到，
對一個人好，只會嫌自己做得不足夠，
又怎會有太好這種情況，
誰又會不想有人對自己更加好？
但再想下去，你或許會開始明白，
是的，有時候，
我們真的不想有一個人會對自己太好，
如果我們知道自己不能夠，
也為對方做到同等的付出，
如果我們知道，自己喜歡對方的程度，
未足以讓自己為對方去如此地付出……

喜歡一個人，才會想去為對方好，
另一方面，我們想有人對自己好，
但其實我們是想自己喜歡的人，去對自己好，
越是喜歡那一個人，就會越想得到對方的關心。

是因為你喜歡對方，才會更珍惜他的好。
當然，有時候，我們也會因為一個人的好，
而開始去喜歡或珍惜那一個人，
可是⋯⋯

如今你喜歡的人，
更想自己喜歡的人為自己付出，
多於，你再去為他付出下去。
你終於從對方的角度，去認清這一個事實。
其實，你的好並沒有不好，
你太好了，真的，
你不值得對我這麼好，
你應該找一個更值得的人，去對他這樣好⋯⋯

縱然你是多不想聽見，
這個無奈的、可笑的回應，
縱然你其實是真的不求回報。
但下一次，當你又再聽見這一個回應，
而你已經很累很累了，已經心灰意冷，
那真的，請不要再繼續這樣好下去了，
　　對自己好一點吧，還自己一個自由。

然後有天，如果你會回望，

也許你會發現，

這原來已經是對方所能給予自己的，

最溫柔的一個回應。

不是你配不上他，

只是，他沒能留得住你的好，

你是應該更快樂更自在的，

他是如此的希望⋯⋯

而如今，

你終於可以了。

代 替

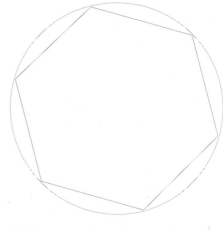

某些人與事，
如果始終都忘不了，
我們會嘗試找其他事物來代替。

從前，會有一個人對自己很好，
於是我們會去留住一些對自己好的人，
從前，自己的身旁，
總有一張對自己笑的臉容，
每次看回以前的合照，
你發現，原來你們相視而笑的時候，
是有多麼動人……

於是，你嘗試跟別人去製造更多歡樂，
去拍更多合照，笑過很多很多，
只是過後你回望照片中的自己，
是快樂的，心裡卻帶一點恍然若失。

你以為，失去了的人與事，
只要不放棄繼續追尋，
有天總會找到另一些來代替、補缺。
但偏偏，偶爾你還是會懷念從前，
他怎樣逗你笑，與你幹過幾多傻事，
一同無聊一起玩鬧，互相支持守護，
珍惜過不捨過，互傷過離棄過，
就算最後他留下的，就只有無言與冷漠，
就算最後你記得的，就只有他不會再笑的臉龐……

只是有多少次，你在一個人的時候，
默默的、平靜地，
想念這個人，
然後想著想著，你微微笑著嘆息，
你知道，其實沒有人可以把他替代。

即使這天他的位子懸空了，
他已經不再在自己身邊，
但你明白，也學會接受，
留下這一張空位子、
來記念和肯定這一個人的重要。

就算你知道再不可能回到過去，

再不可能和他手牽手、結伴遊玩到明晨，

不緊要，你知道彼此仍然在向著前路進發，

他一定會開心快樂的，

你也會找到更多的幸福與微笑。

縱然始終沒有一個人，
可以完全把他替代……

但人生帶點遺憾，

自己才可以成長更多。

不必刻意找誰去把他替代，

下一個他，才可以與自己走得更遠。

如果那些年　沒有錯過

如果那些年，我沒有錯過你，
也許再曖昧多一陣子，
也許再猜心多幾個星期，
我們就會走在一起吧。

最初朋友們都為我們送上祝福，
雖然也有些人會暗暗生氣，
但始終無阻我們的發展。
然後，在相處了一段日子後，
或許你會發現，
我的性格並不如你想像的好，
還有很多缺點，
我會對你發脾氣，會懶得理會你，
會背著你在外面結識其他異性……

然後，或許我也會發現，
原來當初你的溫柔也是刻意裝出來的，

你總是會對我很粗魯，又時常誤解我，
還喜歡跟我吵架。
吵得過頭了，又要我哄回你，
想暫時休戰一下，
你又怕我不理你、反過來纏著我不放。

接著有一次，和你去國外旅行，
發現彼此的生活習慣原來有著很大差別。
我不習慣你的潔癖，你不喜歡我的隨便，
你總是太早起床，我偏愛凌晨才睡，
旅行後我們的感情反而變得更加淡薄。

你也老是不喜歡我的朋友，
覺得我和朋友聚會太多、沒有時間陪你，
我也不喜歡你的家人思想守舊，
偏偏你又想我多一點跟他們見面。
之後，矛盾越來越深，感情越來越淡，
我們一兩星期才見面一次，
漸漸也不會再講電話、傳短訊。
你跟其他異性看電影，我不會過問，
臉書裡有我和其他異性的合照，

你不再吃醋，也許就只會冷笑一下，
即使我偶爾也會想，為什麼你不再管我，
為什麼我們會變得如此，
但我們大概都變成只會在心裡唏噓，
見面的時候卻無言以對。

然後，最後，
我們選擇不再見面，
沒有人提出分手，
但我們就是沒有在一起了。
之後，你好像結識了其他的人，
我單身了一段時間，
但是只覺得比以前更自由。
偶爾會在臉書見到你的近況，
但都是公開狀態下的近況，
我知道自己已不再在你的親密朋友列表裡。
我生日的時候，
你也不會再客套留一句生日快樂，
大概是因為對上一年，我沒有回應你的祝福，
而讓你有點記恨吧。

我們已經不能再做朋友，

即使名義上是朋友，

但我們不會因為覺得失去了對方，

而感到有太多的可惜。

在路上再重遇，我們也寧願選擇視而不見，

不再打算關心彼此的近況。

又過幾年，聽說你有一個不錯的另一半，

我在臉書見到你們的合照，笑得很燦爛，

但我只感到陌生，像是看著一個街上的路人。

那時候，你也不會再記得我吧，

就算你們結婚行禮的教堂，

是我們最初認識的時候、我告訴你知道的，

曾經，你是多麼嚮往那個地方，

曾經，你就是我的理想……

如果那些年，我沒有錯過你，

大概我不會像現在這般，

默默地對著螢幕，看著你的笑臉，

仍然想念那一個曾經讓我開懷，

曾經願意接納我一切的你……

雖然，我們也已經不相往還，
你在你的世界裡笑得快樂，
我在我的世界裡依然自由，
不會有交集，不會再碰面……
但感謝因為那些年錯過了你，
才會讓這些年來的我，
明白了更多，更懂得珍惜……

但願你會更加幸福快樂，
我會掛念你的，只望你不會太掛念我，

就好。

The last way
I miss you.

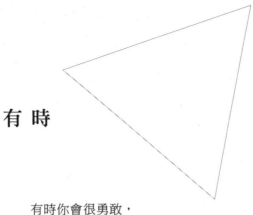

有 時

有時你會很勇敢，
向對方表明你的心底話。

有時你會很懦弱，
在應該要開口的時候，你讓自己沉默了。

有時你會看得開，
就算事情不如己意，你也能夠安慰自己，
有天會好轉過來。

有時你會刻意讓自己看不開，
去聽不應該再聽的歌，去讀以前的舊訊息，
去用舊照片來比對現在，
去想如果當時沒有錯過，現在就不會自己一個。

有時你會後悔，
後悔自己沒有好好珍惜、

當時為什麼沒有將話說清楚，
後悔得一整晚失眠，但再不甘心再遺憾，
你卻不知道自己還可以做些什麼。

有時你會忘記，
昨天原來是你與他的一個紀念日，
曾經你和他在那天是多麼快樂，
但昨天過去了，你卻完全沒有想念過他半點。

有時你卻會太記得，
一些關於對方的瑣碎事，
即使你們都已經很久沒有再見面。

**有時你會想，不要再想了，
但越是這樣想，你就越是記得更清楚。**

有時你會難過得一句話都不想去說，
也不想見任何人，
即使你明天還是要上學上班，
還是要和朋友見面。

有時你會讓自己放空，去發呆，
讓自己一個人流連在城市裡，
彷彿可以讓自己看開一點，
彷彿不會再那麼難過。

有時你會從一首歌曲或歌詞，
得到一點慰藉或鼓勵，
找回再重新出發的力氣，
讓你可以下定決心去追尋，
或是離開。

The last way
I miss you.

有 時 你 會 循 環 以 上 一 切 ……

或許，一切總有時，
悲傷有時，歡樂有時。
你問，什麼時候才可以放下，
才可以忘記，才可以幸福，
也許沒有人能夠給你正確答案，
但不論有多失意或難過，
時間最後依然會過……

我始終相信，

你會再

快樂起來。

The last way
I miss you.

忘 不 了

忘記一個人，是不容易的。
你知道，不是說忘就可以忘，
要去忘記本來已經記住的事，
其實是有點違反常理，
也未必可以做得到。
但有些事情，一直都讓你太深刻，
而來到如今，從此以後，
只剩下自己一個面對、回望，
那種深刻，反而會變成了一種諷刺，
甚 至 椎 心 蝕 骨。

再繼續與回憶對望，
或可找得到某些快樂，
只是最終也會找到更多失落或心碎。
你開始學會嘆氣，希望透過呼吸，
可以將這點無奈呼離體外。
但最後你一天呼吸了幾千百次，

The last way
I miss you.

結果，嘆氣變成了習慣，
可心裡的重量卻始終沒有減輕半點，
你想自己不要再這麼難過，
你開始想要去學習忘記。

只是，從小到大，
你學到太多記住一樣事情的方法，
但如何去忘記已經記得的事情，
一直都沒有人教過你太多。

你試過將他的臉書從朋友列裡刪除，
將 whatsapp 封鎖、解除安裝，
將你們的合照全部銷毀，
將他有關的一切都丟到垃圾箱……
這些都是比較容易做到，
只是，你依然忘不了。

你試過不要去他會去的地方，
不要吃他喜歡吃的食物，
不要聽你們也喜歡的歌曲，
不要再窺看他的臉書、IG……

The last way
I miss you.

也許，這些比較難做到，
因為這些可能本來也是你的喜好，
甚至是，你們一起累積而來的習慣。
你每次狠心做了，但最後，
又會感到另一些空虛，
一些，像是自欺欺人的感覺。

有時你相信，只要自己努力，
沒有做不到的事情，
你靠努力得到過許多許多，
只要定下目標，一步一步前進，
你相信自己終可以忘記這個人。
然而，過了幾多春風秋雨，
你也許已經心淡了，
但是不應該記得的，你還是記住了，
最起碼，你仍然記住，
自己要忘記他這一個目標，
　　一個還是關於他的，所謂目標……

最後你又會想起誰人說過，
執意要忘記，本來就會讓自己更加記住，

太認真，只會令自己更加看不開。
也許其實自己無須太刻意看著那苦痛，
去思考如何才能將之忘記，
但往往當你明白這個道理的時候，
「忘記」這一個行為也已經成為你每日的習慣，
每當想起，你就自然提醒自己不要想起，
每次痛了，你又會不自覺地呼氣嘆息，
這讓你彷彿沒有更加難過，
只是偶爾風起，偶爾夜雨，
那些一直被你刻意無視的思緒，
又會狠狠一次過向你的理智做出反撲，
然後，你又會太記得自己應該要忘記；
然後，又再循環多一次彷彿已忘記的路途。

忘記一個人，是不容易的。
也許讓你重新去喜歡上另一個人，
會容易多一點。
說到底，如果真的有忘記，
在忘記他的同時，
也是將你自己的一部分一同捨棄。
記得太清楚，會痛，

捨棄了自己，也是一樣的痛。

回看最初，你想忘記，

是因為有些事情讓你覺得太痛，

而痛這回事，不是說忘記就可以立即忘記的，

你只可以讓自己將它暫時無視，

或找另一些快樂來稀釋淡化痛楚帶來的煎熬。

而其實，你未必是真的想完全忘記，

那一些過去了的，那一個已經不再的人；

你只是失去了，曾經擁有的快樂；

你只是忘記了，本來快樂的自己……

是的，這天，

也許再沒有人會引你笑了，

你心痛，痛得想要忘記，

那一個離開了的人。

但請別忘了，其實你也是可以令自己更快樂，

其實，你只是一時忘了，

從前快樂的你，也給過別人多少快樂。

忘不了，就不要再勉強自己去忘，

無須太用力，無須每晚嘆息皺眉，

只要你願意去笑，
還是會有
很多人來

The last way
I miss you.

支持自己。

走 下 去

那天，

原本一直走在你身邊的他，

忽然跟你說，他要走了，

從此以後，不會再跟你一起走下去……

能夠走在一起，其實並不容易，

一起走下去，也是需要更多幸運。

也許你已經努力過，

投入了多少心血，犧牲了一些理想，

只為了彼此將來的幸福，

定下藍圖，堅守不移。

然而，你的努力熱衷，

漸漸換來了冷淡沉默，

每次你盡心付出，每次他勉強接受，

每次你想去問，每次他都逃避，

你們的目光開始不再對望，

開始習慣在各自的手機裡游離，

開始不敢幻想，你們有天會走到白頭……

漸漸你也開始學著相信或去適應，

這是如今你們之間，最適合彼此的節奏，

漸漸你也習慣讓自己沉默不發問，

讓表面的風平浪靜，來裝作一切如常……

即使其實你心裡明白，

這故事，離終結的一日，

已經不會太遠，

就只看是哪天黃昏、或哪夜凌晨，

就只看，對方何時能狠心決絕……

隨著成長，其實你知道，

這一生你可能會認識很多人，

但卻沒有多少個，可以陪自己走到人生盡頭。

有些人，是讓你去認識自己；

有些人，是讓你去學懂如何關心別人；

有些人，是讓你去明白自己的缺點和黑暗面；

有些人，是陪你一起去學習成長、去認識這個世界；

有些人，是陪你走過那一些最難走的路；

有些人，是給你留下沒有答案的謎題、讓你偶爾煩惱；

有些人，是給你留下經歷及陪你繼續經歷以後的人生；
有些人，是最後始終都不能跟你再一起走下去，
讓你無可奈何地學習或接受，何謂放手……

有些人，是最後都會讓你一世記念，
因為他曾經，是讓你如此深刻認真……
縱然，有天你們還是會別離，
有天你們不會再見，
但是你知道，
他的責任，已經完了，
他已經完成了他的使命，
在你的生命裡，
留下了無數無可取代的痕跡。
就算最後，你還是忍不住會傷心，會痛，
但你知道，自己有天總會好起來的，
總好過，繼續勉強去留住對方，
讓彼此最後的回憶，
將來都變得不堪再提……

如果要痛，
你還是寧願留給自己一個人去深切哀痛，

無須、也沒必要讓彼此傷得更深；
這是你所能給予對方的最後祝福，
也是讓你找回自由的最初一步⋯⋯

痛夠了，就會清醒，就會應該明白，
你的使命，其實也已經完了，
沒有欠了誰人，
也沒有永不終止的責罰與悔疚。

是時候，讓自己再一次自由，
是時候，讓自己再好好走下去。

The last way
I miss you.

依 賴

總有一些人，
會無緣無故在你的世界裡消失，
然後到了某一天，
他又會在你的面前出現，
來向你說一聲好，想和你再友好下去。

你知道，
若是曾經被別人長時間地，
徹底拒絕遠離無視過，
即使將來對方會回心轉意、
願意再和自己交好，
但那些日月裡所埋下過的失望、
疑問、傷心、夢魘、不安全感，
卻不是一聲問好或一個笑臉，
就可以完全抵銷得了。

也許，最初，

你心底會留著一點距離，
不敢讓自己太輕易地回頭、陷得太深，
想觀察多一點、他是否真心和自己交往，
是否真的改過了、不會再突然消失……

然後，如果，
他只是想讓良心好過一點、
才跟自己再度友好，
又或者原來不過純粹寂寞、
才找剛巧有空的自己短訊，
但當良心淡了、寂寞遠去，
他又會回復原狀、故態復萌，
你又再不明不白地得到他的淘汰，
結果最後，還是會讓你再受傷多一次。

縱然你是早已有預備，
不敢去期望太多、不會再失望更多，
但那最後也會變成一場自我安慰或嘲弄。
因為被重視的人無視，就算能夠如何抽離，
還是會覺得不暢快、不好受。

The last way
I miss you.

而你之前是已經承受過一次這些滋味，
上一次你幾經困倦，
才可以沖淡那埋植在心坎的苦，
那餘苦尚未消盡，
如今他又再為你加添多一重。
你一個人去面對去磨洗這點痛，
開始會想，自己其實做錯什麼，
會值得他如此對待，
其實這些日子，你再不甘心、再想念他，
你也已經不敢主動去打擾他，
因為你怕他在歡愉過後，
又會再一次離你而去、
由得你自己一個自生自滅，
你知道有些人與其勉強留住，
倒不如不要見面，可能對彼此都較好。
只是，你不找他，不代表他不會找你，
每一次他都會在自己預料之外的時候，
主動來撩起你的多心，
來翻開你從前對他的感情、
和一些始終未被滿足過的渴望。
因為他知道，你是不會拒絕他的，

始終你仍然會執迷於挽回，
從前有過的那一點快樂。

你在他的面前，根本無法抵抗，
在他需要你的時候，你一定會讓他好好依賴，
就算之後再有多少次棄你而去、
再對你有多不公平不合理，
你再害怕他的回頭，
也會一次又一次對他原諒。
因為漸漸你都會開始依賴、他對你的依賴，
你相信自己是真正被他需要的人，
在他最失意的時候，
在他再找不到其他人的時候，
至少，自己的好並不是全無價值，
至少，自己在他需要自己的時候，
仍可以貪到那一點點的溫柔……

但其實，你知道，
他未必是一定需要依賴你，
自己是他芸芸選擇中的其中一個。
那點溫柔，抵不過多少天的冷漠，

也沖淡不了你心裡的苦。

然後，你試過太多次這樣的虛甜，

也累積了太多你都已經化不淡的苦，

你還要再繼續下去嗎？

有些人最後會選擇徹底與對方拒絕來往，

見到對方的來電，就立即掛線；

見到短訊，就將對方從此封鎖；

甚至寧願換新的電話號碼、新的電郵……

似乎有點小題大做、有點絕情，

但當你試過那當中的無奈與苦澀，

你就會知道這一切的反彈，

只不過是不想自己被對方的依賴再折騰更多，

也不想再給自己有機會去依賴、

只會來依賴自己的這一個人。

因為你終於知道，

一直依賴一個不值得依賴的人、

想要去解開心中的結，

那一個心結只會變得越來越難解……

有些結解不開，就不要勉強再解，

有些人，**見不得，就不要再見**。

委 屈

曾幾何時，
你一直都得不到他的注視，
但你沒有離開，卻讓自己漸漸變得太委屈。

做什麼都好，也不會得到他的稱許，
繼不繼續下去也罷，他彷彿都不會太在乎。
即使其實，他沒有做過太多事情，
讓你難受、皺眉、失意、死心，
他只不過是沒有理會你的感受，
在你難受的時候視而不見，
在你皺眉的時候與別人歡笑，
在你失意的時候拒接你的來電，
在你死心的時候卻又來與你問好⋯⋯

其實，他沒有做錯的，
你甚至還會為他著想，
換作你是他，你大概也會這樣吧，

The last way
I miss you.

始終，他沒有責任去承擔自己的感情，
他是應該自由地飛翔，你是應該在地下仰望，
偶爾他會接聽自己的來電、回一個短訊給自己，
就已經很好了。
你騙自己，這一點甜，
可 以 沖 淡 之 前 的 九 十 九 次 苦 澀 。
但明眼人都會知道，
你是把自己放在一個太卑微的位置，
他有沒有喜歡你都好，
你又何必要讓自己如此委屈？

其實你也不是不明白這種情況，
只是相對於奮不顧身地換來刺痛，
你寧願讓自己不去問不去強求，
讓自己的感覺麻木掉，
就算委屈，也只求可以繼續留在對方身邊。
你冷卻了自己的情緒、避開任何牽動或刺傷，
但有些感受及欲求，也在同時間被一併消去。
就好像，明明餓了，
但你沒有半點食慾，
明明累了，但你還是整晚無眠，

看見別人笑了，

你會想為什麼大家笑得如此輕易，

就算在做著喜歡的事情，

你也只會覺得是讓時間容易一點過去……

寂寞了，你不會想約人；

難受了，你不會想去哭。

但回到老問題，你也不過是一個有血有肉的人，

再擅長自欺、自我麻醉，

你所付出的心血，

還是會希望得到應有的熱度與回應。

然後，到哪天，

你的委屈終於去到了極限，

你一個人，在夜深回家的車程裡，

在餐廳獨個兒吃著晚飯的時候，

在電影院看到似曾相識的情節，

在你又再一次想讓自己變得更麻木、

不要再為他的無視或任性太過心痛或生氣，

但你再麻木不了，

那口苦，你再不能裝作無事，

再不能嚥得下去⋯⋯
然後，你終於哭了，
就在那車廂，就在那餐廳裡，
你都不會再顧慮別人的看法，
只因你已經為一個人的想法在乎過太多次，
在乎了，又有用嗎，

再忍下去，又會有盡頭嗎？

幾年後，你偶爾回想，
一直留在他身邊的那些日子，
自己做過了哪些事情，可以讓自己回首微笑，
可以讓如今的自己，無悔自豪⋯⋯
但無論如何，你永遠會記得，
自己曾經為一個人如此委屈，又如此堅忍過。
然後，過了多少日與夜，你終於可以離開了，

你跟自己說，這種委屈不會再有下一次⋯⋯
最後你還是做了一件
最值得自豪的事情。

苦 果

有時候，
一些人會讓自己變得更苦楚或卑微，
來考驗對方是否依然會無動於衷，
來反證自己是否應該早點離開。

投入更多熱度、換來更多冷淡，
多少次你用真心來維繫這段關係，
但對方總是一副事不關己的態度。
雖然還會客套，你感到對方實情是在迴避，
你仍然會記得，最初認識他時是多麼親切，
可如今自己比一個陌路人更不值得讓他微笑。
你最初會疑問或不忿，對方為什麼會如此絕情，
是否自己做錯了什麼，不值得被原諒，
是否自己真的如此不討他喜歡，不值得被珍惜。

朋友說，請相信自己，
還是有很多人隨時願意對你好、支持你，

但偏偏你最緊張的那個人，
無時無刻都在推翻摧毀你的自信。
其實你知道自己應該要暫停或離開，
只是有時不甘心作祟，
有時我們又會跟自己說不要輕易放棄；
於是，你繼續去為他做更多事情，
期望會讓他喜歡或回心轉意，
期望可以再次得到，
他的重視、讚許與親切。

但很多時候，大家也許都忘了，
不是一個人好、就可以得到別人的回報，
甚至是對方的喜歡。
有時候一個人對自己太好、
而自己無以為報或不想回報，
可能也會採取更迴避更冷漠的態度。
並不是你不夠好，只是他並不想要你的好，
你太執意要得到他的肯定，
他卻未必想親口向你承認這個真相。
然後漸漸，他都對你所做的一切太習以為常，
你的堅持付出卻累積了更多疲累，

你回看這過程，

自己再好也彷彿不能打動他更多，

來到這一天，除了一身狼狽、卑微與委屈，

自己還得到什麼，還可以憑藉什麼，

來讓他重視自己多一點？

有些人會清醒，自己何必再變得更悽慘，

不如暫停，不如離開更好；

有些人卻會選擇，讓自己變得更苦更難受，

來期望引起對方的一點關心與同情……

也許本意已經不再是，

要去對一個人好、令對方快樂，

也許都忘了是要由此來反證、

這一個人不值得再繼續付出下去。

苦得太多，彷彿變成了習慣，

如今自己就只是想用曾經的犧牲，

來換回一點自己應該得到的溫柔或回應。

但這種想法其實有點太理所當然，

對方並不一定會接受，

也未必會覺得有責任去回應，

有時可能還會帶來強烈的反彈，

尤其當對方感到有壓力、被強人所難，

尤其當對方本來就不喜歡一個、

總是不會笑、總是覺得別人欠了自己的人……

即使當事人可能只是想得到，

他的一聲問好、一點溫柔，

不需要太多，不是想要脅，

然而在一個越逼近、

另一個越逃避的關係裡，

這當中的心結與誤會，

幾乎是不可能得到化解與原諒。

而當事人只能一直糾纏與無奈下去，

也許要等到哪天，

付出的一方真的太累，

終於生了一場大病，

已經再無餘力去想，

為什麼他還沒有來找自己、

是否真的覺得自己毫不重要？

沒有比如今更狼狽更委屈的時候了，

但再苦再病，他也不會有半點關心與珍惜，

自己又何必如此？

沒有他、你的心裡缺了一塊，
但勉強找一個執意要離開的人、
來為自己修補內心的失落，只會越補越痛。
要好起來，還是始終要好好吃藥，

　　不　能　再　讓　自　己　苦　下　去　了　……

即使還未遇到一位真正懂得疼你的人，
但別忘了，如今最懂得疼你的人，

　　卻　是　你　自　己　。

捨 棄

人 ，
也許可以輕易地轉身離開，
但有些習慣，
卻不是說捨棄就可以從此捨棄。

一張紙巾，再無需要撕開兩份，
但每次飯後，你還是如常將紙巾分了一半。
背包裡，不需再預備一小樽水讓他解渴，
但那樽未開封的水，還繼續安放在你的背包。
兩杯雪糕的優惠，無必要再留意了，
喜歡的電影，也不用再特意約定時間去看。
手機再有什麼問題，不能和他一同去研究解拆，
最近流行的遊戲，都不知道他有沒有去下載。

慶幸的是，他的 whatsapp 尚沒有封鎖自己，
你還可以像從前般，看著他一直在線下線，
但你知道，這也是需要戒掉的一個習慣，

因為再看下去，就只會更傷心難受，
他逐分逐秒與別人累積更多更深的感情，
卻要對自己一點一點地變得更冷淡疏遠……

然後，你又會發現，
自己原來更需要捨棄因他而起的這些思緒。
也許你是漸漸可以，
從以前和他一起經歷過的習慣逃離。
但你又開始變得習慣，在沒有他的世界裡，
去比較以前，去失意，或不快樂。
看見天上的晚霞，
你會想起如果他也在，那會多好……
嚐到好吃的食物，
你又會想起他如果也吃到的話，那滿足的表情。

只是如今他都不會再在你的身邊，
就算眼前更天空海闊，
就算你變得更好更成熟，
自己都是不可能再回去以前……
但你知道，自己也許已經很快樂了，
只是你也太習慣，沒有他在身旁的那點失落，

每一次都總感到若有所失，
然後又讓自己更掛念從前。
是否失去了、得不到，
那一個人、那些過去就會變得更美好？

還是自己仍然不想，
從那一點其實開始模糊的傷痛裡逃離，
反正自己都開始習慣，
在沒有他的日子裡，
去想念他、回憶他，
就算偶爾會不快樂會痛，
就算，自己仍然會沉溺會離不開……

然後，有天回頭，
你或會發現，和他有過的那些習慣，
是否能改變或捨棄，其實並不太重要。
總有些習慣會陪自己繼續成長，
然後在另一段關係上萌芽、延續下去。
又有些習慣，你越想改就越改不了，
就好像太努力忘記，只會讓自己記得更清楚。
要離開一個人，其實只要狠得下心，

就已經足夠了，就好像當日的他……
只是你仍然不明白，
他當天為何可以如此狠心；
你一直停在原地不停想不停反思，
這一個永遠不會有人回答的謎題……

其實真正要捨棄的，
是你心裡的這一點執迷……

**其實，你是應該早知道的，
只是你未必捨得而已。**

The last way
I miss you.

無 可 避 免

有一天，

你還是會終於要面對或明白，

一些從前你一直想逃避的事情。

從前，你不想被任何一個人捨棄，

你努力去跟不同的人經營每一段關係。

但漸漸，有些人還是會與你疏遠，

有些人還是會轉身離開，

有些人不會再見……

從前，你以為一個人若是在乎另一個人，

就會願意為對方去努力或付出。

但後來你知道，有些時候我們不是不在乎，

只 是 我 們 會 有 太 多 的 選 擇 和 考 慮 ，

在你想得太多的時候，也開始錯過對方的期望。

最後對方感到被你辜負而轉身離開，

你也才漸漸理解到，

當天的那誰為什麼會捨棄自己⋯⋯

從前，你會叫自己不要對一個人太認真，
太認真了，就會讓自己受傷。
但是後來你再不認真，
也是一樣會被別人的自私所傷害，
然後兜兜轉轉，
你終於找到一個你應該要認真、
對方也會認真待你好的人，
只是你心裡亦隱約感到，
這一份認真，始終比不上年少時的那一個你，
是你如今變得世故成熟、不願意再去太投入，
還是你始終對當時你和他的幼稚，

有 一 點 遺 憾 ⋯⋯

從前，你期許過自己要堅持等一個人到最後，
但後來，你還是放棄了，你沒有再等下去。
又或者你以為，自己換了另一種方式去等待，
希望自己不會因為等得太難過，而中途放棄。
但最後，你還是跟另一個人走在一起了，
而你跟原本要等的那個人，

如今卻已不相往來……

從前，你以為自己不會忘記，
你以為自己會不能夠忘記。
但如今你都不太記得那些從前，
你似乎可以忘記了，還是那些人與事，
換轉成另一種方式與你繼續走下去，
偶爾在你失眠的夜深重播，
給你尋回某一點微笑，
給你一次嘆息的機會……

The last way
I miss you.

從前，你不會規劃太遙遠的未來，
就只希望留住這一刻的人與事，
不會輕易放手，即使其實明知道勉強，
即使其實，都已看不清楚更遙遠的將來，
但就只是知道不要放手，不要放走對方，
但如今……

從前，你不需得到太多人的讚賞，
你只期望得到他的認同，
但最後，你始終沒有得到過他的一次讚好，

而如今的你已經不再在乎……

你知道，這世界裡其實有更多東西，
需要自己關心，更值得自己去在乎、認真。
就算你不想、再不願，
但有更多的現實和道理，
還是會依然等待你去終於接受、看透。
人大了，不要再幼稚，
人大了，不能夠再時常發呆，
不應該再浪費時間在不值得的東西上，
不要再執著下去、不要再說離不開了，
因為有幾多你離不開的人與事，
都早已經離開你、離得很遠很遠。
這世上真有什麼是永遠都離不開嗎？
是那些從前，還是那一個，
你偶爾還記掛，還會懷念的誰，
如果當日你們沒有退後，
如果這天你們依然相依……

但最後，你們連再見也沒有說，
彼此向著不同的世界出發，

每次你都只能一個人，

去悼念那些從前，那些不再的燦爛。

你知道，自己終有一天會不再悼念，

終有天自己也會變得很忙很忙，

為了生活為了工作為了家人為了理想，

會寧願捨棄這段不可再有的從前。

是無可避免的，

　　是每一個人都不能躲過的成長歷程；

可是縱然事過境遷，斗轉星移，

這夜你還是會看著自己身旁的位置，

或微笑，或茫然……

如果當天你沒有放手，

如果那夜你沒有離開，

是否就可以避得過如今這結局，

是否就不會留下這一聲，

　　應該要講清楚的再見。

超 人

常常，我們喜歡一個人，
卻未必能夠與對方在一起，

只是你在喜歡他的過程中，
成為了對方的超人。

你喜歡他，想要保護他，
想他得到更多的快樂，
想他可以無憂慮的，留在自己身邊。

他想要的事情，你都會為他做到，
他想擁有的東西，你一定會替他尋覓，
即使有些事情，對你來說並不容易做到，
但你相信，愛一個人，
是值得去努力堅持、去付出承擔，
遇到困難，你會想方法提升自己的能力，
碰到高牆，你會不死心嘗試跨過去。
因為在這段路的前方，

你的目標清晰而明確，你想他快樂，

為了他，你再捱更抵夜都不會抱怨。

可以說，你是因為喜歡了這一個人，

而讓你自己變得更好更強，

你的無所不能、堅定不移，

也讓他對你更安心更信任。

他會說，有你在身邊，是他的福氣，

其他的親友也會稱讚，

你真的很好很好，

大概再沒有人會比你更寵愛他。

然而，人們喜歡超人，

但未必也想要跟一個超人在一起。

一路以來，你練成了更多的能力，

例如對他的細心了解，

例如對他的關懷照顧，

你擁有更多讓人稱讚的優點，

或許可以令自己更容易得到，

對方的信任和依賴，

也許偶爾，還可以換到對方的好感和喜歡。

只是你知道，

真正喜歡一個人，並不只是喜歡他的好，

你也知道，一個更好的人，

做過了多少好事、為他捱過擋過多少風雨，

也未必等於可以真正打動對方，

也未必可以打開對方的心鎖，

在他心裡留一個位置……

也許最初，他因為你的好，

讓你留在他的身邊，

而你其實明白，他只是喜歡你的好，

未必真的太喜歡你這個人。

但因為你不想失去他，

於是你努力提升自己這一優勢、

對他更好更好，

期望會讓他變得更喜歡自己，

期望他，不會想要離開……

只是，那天，

他還是遇到另一個真正喜歡的人，

在你的好，差一點能夠植根在他的心田之前，

在他快要，變得完全依賴或習慣你的好之前。

他，還是想離開了，

而你，只能笑著跟他講再見，

只能夠繼續去演，

就算他離開了，你還是會支持他、體諒他，

讓他可以安心離去的完美角色。

因 為 ， 你 是 他 的 超 人 ，

他想要的事情，你都會為他做到，

他想擁有的東西，你一定會替他尋覓⋯⋯

就算你最後不能做到，

讓他不會想要離開你，

就算，他想擁有的那份愛情，

你始終都未能為他找得到，

你只能夠陪他去等，

等到另一個能為他找到的人出現為止⋯⋯

因為，你喜歡他，想要保護他，

想他得到更多的快樂，

不想看到他因為離開你，而會流半點眼淚。

於是，你就繼續去做他的超人，

即使這個超人，不一定能夠飛天遁地，

但超人會在極艱難與孤單的時候，

仍然可以堅強地走下去，

即使這個超人，

**如今不能夠再去
保護他喜歡的人……**

只望下一個人，能夠接手你的超能力，

讓他快樂幸福，讓他無憂到老。

The last way

I miss you.

總會復原吧

第一天，
再收不到他短訊的第一個清晨，
那一點悲涼感覺，

你 仍 然 會 ， 記 得 清 楚 嗎 ……

從前，你們好快樂，
每次見面，你們都會笑，
都會有說不完的話題，
都會，不想結束，不想講再見。
但那天，你們沒有說再見，
之後，你們都沒有再見。

本來兩個人一同描繪的這個故事，
如今失去了其中一個人，
其餘的，彷彿再變得沒有意義。
話，還可以再對誰去說，
夕陽，又能夠再和他一同讚頌嗎……
你一個人，遊走在這一個城市，

想碰上他，但碰不見，
想忘了他，但合上眼，
你又會想起他的笑臉……
在你們曾經逛過的街道，
在你們最喜歡去的咖啡室，
在戲院裡你偷望他的那一幕，
在你們一起手牽手的那些夜晚……

這些曾經，都過去了，
你是知道的。
只是這些畫面，
還歷歷在目，還沒有在你心裡過去。
你想讓他知道，
但你也清楚，自己是不可以再讓他煩惱，
不能夠，再打擾他更多更多。

其實，他只是由喜歡你，
變成不再與你親近。
但你靈魂的一部分，
彷彿在他離開的時候，也一併被他帶走，
讓你忘記了該怎麼去笑，

The last way
I miss you.

也忘記了，怎麼去獨立，

怎樣去堅強，

怎樣去面對，這一個已經離開的人。

你有他的手機號碼，

你想聽他的聲音，但是你不會撥出那號碼，

你不敢再聽到，他的冷淡，他的嘆氣聲⋯⋯

事實上，有些東西，

也是已經不會再出現的了，

那些美好，是已經不會再重來一次。

你知道的，一天一天過去了，

一次一次證實自己已經失去了。

最初還會幻想他可能會回心轉意，

但到這天，你有多少天沒有再跟他聯絡，

你已經漸漸學懂或習慣，

如何去接受、或麻木，

將對他的思念、心痛、嘆息，

轉換成努力工作、和朋友玩樂、

臉書上每張快樂的笑臉相片。

即使，他在你的心裡仍佔著多麼重要的位置，

即使，你偶爾還會因為，

在街上見到一張與他太相似的臉容，

而不知所措，然後恍然若失……

曾經這張臉，這一個人，

為你的生命帶來多少燦爛，

也在你的手心，留下一道不能磨滅的痕跡，

是如此讓你窩心，也最傷過你的心。

但你會後悔嗎？

自己曾經和他結識，和他知心相愛，

和他一起成長、成熟過……

還是你依然會責怪、苦笑、可惜，

自己或對方以前的一些幼稚、懦弱、自私，

一些不懂珍惜、後知後覺……

然後，最後，

他離開了，留下了你一個人，

也留下太多深刻的樂與悲，

讓你慢慢學習如何去放開、淡忘、接受，

也讓你終於學懂，

如何去記住應該要記住的快樂、

如何不再去想那些其實可以逃開的傷痛和苦惱，
讓自己更加成熟，在未來可以再遇上另一個他……

又也許，這些說話，
只不過是一些自我安慰，
不過是讓自己沒有那麼難過而已。
你的感情你的認真，是始終都沒有開花結果。
但是，如今，
你再看著手機，看見他最新的近照，
看到他幾分鐘前，曾經也在線……
或許，你還會記得那最初的悲涼，
或許，你仍然會想去跟他問好，
仍會怕得不到他的回覆，
但你的這些牽掛，
卻在這一段不能再見到對方的日子裡，
可以變得比以前單純、真切、綿密、寬厚，
愛一個人，原來尚可以有其他的形式，
未必一定要擁抱、一定要見面，
也未必，一定要回報，
又或者，其實你是早已經得到了——

他的出現，
是讓你重新去認識被埋沒了的自己，
他的離開，
是讓你再一次展開尋找自己的旅程……

就算那傷口，偶爾依然會痛，
但只要你懂得讓自己去笑，或感謝，
你總會復原過來的，
有天總會再重新找回，愛一個人的力氣。

The last way
I miss you.

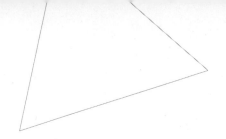

願 我 可 以 學 會 放 低 你

當，去到一個極痛的狀態，
就算你嘗試讓自己去笑，或去哭，
就算學著面對，或逃走，
但再怎麼都還是覺得會痛，
每天睜眼醒來，痛依然存在，
然後伴著自己一整天一整夜，
然後到更多個明天……
你會開始去想，不如放低吧，
放低了，會不會沒這麼難過？

再怎麼執著，還是應該放開。
這道理，很多人都說過，
偶爾你也會這樣勸解別人，
但到自己實際去做，卻又是另一番滋味。
放低，該怎麼放呢？

是不讓自己去思考、放棄思想嗎？

The last way
I miss you.

但有些人和事，卻是如此深刻，
要如何才能當粉筆字，一抹而清？
坊間有多少教人增加記憶力的課程，
而偏偏就沒有教自己刪除記憶的方法。
你也知道，只要你願意抬頭，
這個世界還是有著海闊天空，
但如果你仍會為那事與人執迷，
那天再高海再深，你還是不會太珍惜。

是不應該執迷的，一切的痛，
也是源於自己不能看開，
還是會拿過去的快樂與現在的難過比較，
就算那些快樂其實是很微不足道，
但如今，你仍是會為那一刻的快樂與心情太過認真。
即使身邊的親朋友好仍會對自己這麼關心，
也始終及不上那一個重要的人對自己說的一句話……

你依然執意相信，
那一個人可以讓你得到真正的快樂。
但那個人已經離開你了，
就只給你留下回憶來比較，

然後讓你難受，難受到以淚洗臉，
甚至有天終於哭不出來。
然後你想到自己應該要放低，
然後，你也許又會重複以上的過程，
最後問自己，為什麼要去放低。

其實你是多麼難受，
但選擇放低，卻又是另一種難受。
那些快樂，那些有過的回憶，
那些紀念，那些心跳，那些氣味，
你曾經與之共對了多少日子，
你認真的將整顆心投入，
編織過多少夜的夢，以及多少幸福的將來，
就算對方最後已經轉身離開，
但你心裡的世界，卻依然滿是對方的身影，
以及對方曾經存在的痕跡。

要放低，就是要將對方的身影，
從你內心的牆裡，
逐一洗刷、撕走、遮掩、塗改、切碎，
當中也包括你自己的認真與靈魂。

你告訴自己，這個人其實並不太好，

但對方曾經是待你如此的好，

你是這麼珍惜和感謝……

你催眠自己，這個人其實並不值得，

但你曾經就為對方付出了這許多，

而你從不感到後悔，只想為對方做得更多……

你嘗試將對方想像成別有用心，

醜化對方的一切，冷漠分析他的各種言行，

最後你找到更多自己應該放手的理由。

只是找到了，

卻又會與自己過去所相信所愛的產生矛盾，

如果最後一切原來都是不值得，

那麼自己難受到這一刻，又是為了什麼？

這種事情如果想得太深入，

就會叫自己更痛更難受；

但想得不夠深，你又怕自己不能放開……

到最後，

你可能還是會叫自己不要想得太多。

那過程實在太辛苦，

比起他當天的決絕，可以更加痛。

不去想，也許偶爾還是會痛，

但至少沒有時刻想著要忘記要放開，

那麼讓自己喘不過氣。

有時候，我們始終放不低某些人與事，

也許是因為自己太過執著於放低這個念頭，

又也許其實，我們是希望透過放低這一個過程，

去更加記得這一個人而已。

從來放開或放低，

都不是一朝半夕就可以做到的事，

做不做得到，也要看當事人的智慧與經驗。

有些人過了數星期才可以忘記傷痛，

有些人放了多年的假期也是走不出來⋯⋯

又也許，有些人與事你是始終都放不開，

甚至是不願放開，

但如果你能夠快樂地放不開，

那麼又何必一定要選擇，痛苦地放開。

人總有失意時，總會遇到極痛，

放開是其中一種讓自己不再痛的方法，

但有些痛，你越在乎越刺痛，

有些人，其實也不是真的應該放低。

能夠學到偶爾無視那點痛，

放過自己，呼一口氣，

就已經足夠。

至於何時放得低……

有天醒來，

你自然會找到　答案。

The last way
I miss you.

曾 經 錯 過 的 時 間 ，
曾 經 對 過 的 你

這篇如果看不明白，也許是好事。

喜歡一個人，是不犯法的。
但奈何，有時候，有很多時候，
當你在不對的時候喜歡了一個對的人，
就算那是真的不犯法、沒有傷害誰，
心裡還是會有一種做錯事的感覺。
原本只是錯了時間，
但如今彷彿什麼事都錯了、錯了，
可不可以讓一切都重來……

何謂錯的時間對的人？
我們在最初，都會期許自己找到一個對的人，
一起戀愛一起成長一起生活一起到老。
或許最初，我們都曾經很虔誠地去找，
甚至找到這一個人。

只是，隨著成長，隨著人生的許多意外，
你最初所認定的對錯、理想、最好這些概念，
都會漸漸地有所調整，甚至大幅度的轉變。
這些轉變未必會讓你想要將原本牽著的手放開，
但你隱隱知道，對方並不是自己傾心相愛的人。
又或者你相信自己仍然愛著對方，
只是那不過是時間所累積下來的責任而已。

然後，就在這時，你跟一個不會分開的人在一起，
你遇到了另一個真的對的人……

以上的例子只是其中一種情況。
不對的時間，總是佔據了我們的大部分生命。
或者你有了另一半，或者是對方已有，
又或者是，你們彼此都有……
也許，當你沒有另一半的時候，
對方跟情人正在熱戀，
也許，當對方終於分手了，
你又跟另一個人開始曖昧……
也許，對方曾經喜歡過你，
但你太遲才察覺到自己的感情，

也許，你一直都在單戀對方，
只是當對方留意到你的時候，
你們已經不再生活在同一個城市……

也許，也許。
也許你是知道，自己曾經遇過一個對的人，
只是相遇在錯的時間，
只是你始終不敢肯定對方的心意。
其實這種事情本來不難肯定，
一個人有沒有喜歡自己，
太多蛛絲馬跡、神態動作、
目光表情可以讓人作證。
如果曾經有一個人，
每天會與你傳短訊、陪你唱歌看海望星、
做過多少本來不會做的事、
說過多少不太像他所會說的話、
曾經你們是同步得令人禁不住猜疑、
曾經你們是默契得令彼此都忍不住要笑、
即使你們沒有牽過手、就只有曾經默然對望過幾秒、
就只有曾經彼此會心過微笑一次，
但如果那一種溫柔的共振是真的曾經只出現在你們心裡，

那麼你是應該可以肯定得到，
對方是如何看待自己這一個人，有沒有喜歡自己。
但往往，到了許久的以後，
我們仍是會不能分清楚，對方是不是真的有喜歡過……

即使旁人也說，他是應該有喜歡過你的，
即使連你的另一半，也會為她曾對你這麼好而呷醋，
你卻仍是不敢肯定或相信，
那一個人曾經真心待你，曾經跟自己一樣，
是認真的喜歡過對方……

為什麼會這樣？
或者是因為，
如果這是一個真的對的人，
如果你們是應該要走在一起的，
但現實上你們是不可能走得更近、
不可以再繼續如此下去，
那到底是誰的問題？
我們會輕易地說，這是時間的錯。
但若深究下去，若對方真的喜歡自己，
那為何對方沒有放開那些枷鎖、

而決心要與自己在一起？

可能你又會說，有些問題不是說解決就能解決，

不是說放開了就真的可以從此自由，

或者對方是真心的，只是也身不由己而已⋯⋯

但如果真這樣，

如果在這一生裡真的曾經有過一個，

如此真心相待自己、而自己也是傾心相許的人，

而自己竟然不能夠跟對方繼續一起，

甚至如今竟然沒再聯繫、變成陌路人，

這種矛盾與難堪，

可是會讓人再笑不下去⋯⋯

那不如，我寧願相信，

你其實從來沒有喜歡過我，

這可以與你這天的冷漠臉容相印證。

那不如，我寧願以為，

你其實從來沒有真心待我，

反正我們見面了也已經不會再點頭。

你沒有喜歡過我，應該是這樣的，

這樣我們才找得到，叫自己退後的力氣⋯⋯

可是，真的是這樣嗎？

多少個夜裡，

你在對方臉書看見他這天那愉快的笑臉，

你有點害怕，

如今是否只剩下自己仍然在乎這段過去。

即使自你們沒有再交談以後，

過去了多少日子，你有了新的生活，

新的朋友或伴侶，

但那些年裡你曾經有過的心跳，

卻始終沒有得到過回應——

因為你相信或想信，對方是沒有喜歡自己的，

可是事實你並不甘心落得這結果。

因為你是真心的付出過，

即使你從沒有要求過對方回報什麼，

你還是希望對方能夠給自己一點回應、一個答案：

其實，你有沒有喜歡過我？

雖然可以猜到，你是沒有喜歡過我的，

但還是會想對方能夠親身回答自己一次，

那一個答案，那一個真相，

即使那是對方的安慰或謊話也好。

可惜，往往當你發現自己原來只求一句說話的時候，

你也已經再不可能會得到對方真誠的回應。

或者你曾試過勇敢一些，主動跟對方聯繫，

希望想再和好如初，希望想再找到當時的答案，

但這比將碎裂了的玻璃杯黏合回原狀更加困難。

你或者會退而求其次，

嘗試在其他人身上尋找答案，

然後，最後，

你會找到偶爾的錯愛，你會找到更多的失落，

你卻未必找得到自己想要的答案——

曾經，你喜歡過一個人，

在不對的時候，在別人都不讚好的時代。

當時你相信，或許再這樣下去，

受傷的一定不只有你們，

可能還會傷害彼此身邊的人，

可能會因為自己的任性，而破壞了對方本來的幸福，

可能只會讓更多的道德罪名，

將那珍貴的感覺與回憶都通通埋沒。

那不如，自己親手將一切都埋在心底，

不印證、不強求、不挽留，
讓彼此都能夠擁有退後的空間與力氣，
讓彼此能夠找回應有的自由。
然後，對方走了，
沒有留下答案或憑證，
往相反的方向、不同的世界遠去。
然後，過了這些日子，
這些季節、這些年，
你沒有過得更自由自在，
沒有比以前更加快樂，
你心裡仍是會暗暗想念那一個人，
即使你都不一定要再跟對方一起，
但你還是想要知道，
在你曾經如此認真的那些日子，
在你曾如斯喜歡過對方的那個時空，
對方也是跟自己一樣，
有喜歡過你嗎，有沒有，
一刻的認真過……

其實，你是早已經知道答案，
你只是想要對方親自回應自己而已。

其實，你是明知道已經不可能，
你只是想要讓這一個謎題，陪自己到老白頭……

喜歡一個人，是不犯法的。
我喜歡過你，你喜歡過我，
當中沒有誰錯了，隨著時間過去，
你知道也已經不再是時間的錯。
也許錯的，是我們不會再交心，
不能夠再讓對方明白、知道，
其實，我喜歡過你，
其實……

**我只是想要對著你笑一笑，
點一點頭，已經足夠。**

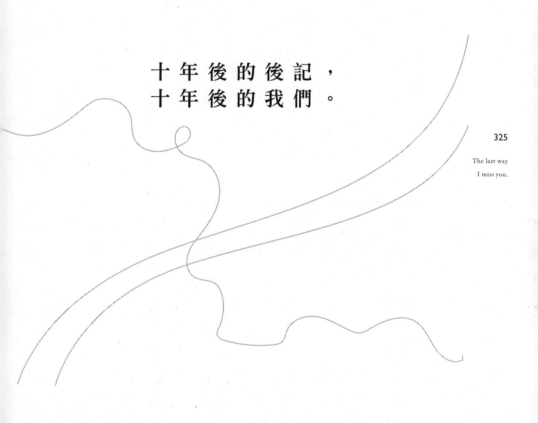

新修版·特別附錄

十年後的後記，
十年後的我們。

The last way
I miss you.

〔後記・一〕

我們之間最好的結局

M：後來，你有將你的心意告訴他嗎？

A：嗯⋯⋯沒有。

M：為什麼沒有呢？

A：都已經這麼多年了。

M：這麼多年⋯⋯有沒有十五年了？

A：你還記得。

M：我記得⋯⋯那時候，你傳我的第一封電郵，裡面寫了長長的
　　一篇，跟我分享你們認識的過程，還有他後來交了新的女朋
　　友。

A：嗯嗯……那個女生……我當時真的很羨慕她，不過一年後，他們還是分開了。

M：有覺得慶幸嗎？

A：也沒怎麼慶幸……其實他身邊有沒有別人，對我來說還是一樣，不會出現在他的首選席位裡。

M：但至少還可以繼續和他做朋友？

A：有時我也不知道，這樣子是不是真的好……我們一直是朋友，在他的世界裡，我就只是他一個普通的、有點話可以聊的朋友，他永遠不會知道，我真正的想法與感受……他應該不能想像得到，我原來為他這個人，曾經喜歡得不能自拔，曾經我試過在他的家樓下，想見他一面，但到他真的出現時，我卻害怕讓他看見，默默地離開現場。

M：如果是現在呢，如果現在讓你再突然碰到他，你會退縮嗎？

A：現在……應該會像沒事人般，跟他打招呼問好吧。

M：嗯，但你們很多年沒見面了。

A：這就是繼續做朋友的結局。不會說分手，但會漸漸地疏遠，
漸漸地變回一對陌生人。

M：你有打聽他的近況嗎？

A：我有看到他的臉書更新……雖然他已經很少更新了。他隨家
人移民去了澳洲，在那邊認識了新的女朋友，但沒有結婚，
但……我覺得他應該已經找到理想中的另一半。

M：為什麼會這麼覺得？

A：畢竟，我一直注視著他這個人，雖然他沒有發現我……但我
看得出來，他真正感到快樂時的目光與笑容，即使只是相
片，我也可以感受得到，他與現在的另一半在一起時的快樂
與自在。

M：嗯……所以，你覺得自己是時候死心了？

A：也不到我自己決定呢……就只是無可奈何。我依然會在他生

日那天太過想念他，依然會想，有天藉口要去澳洲旅行，看
看可不可以見到他，和他一起吃晚飯。

M：就只是這樣嗎？

A：這就是我身為朋友所應該要做的，也只能夠去做的事情。

M：那他呢，他有試過主動找你嗎？

A：三年前，他移民去澳洲之前，那時他有找過我，聊過一些近
　況。但當時他沒有告訴我要移民……我是後來才發現的。

M：會覺得可惜嗎……曾經你們是那樣無所不談。

A：但我也終於認清楚，可以和他無所不談的人，並不是只有我
　一個。

M：嗯。

A：就算我還沒有忘記，不想忘記，這也是我自己一個人的事。
　他沒有發現，他以後也不會有機會知道，那就是我們之間最

好的結局。

M：這也是你繼續喜歡他的方式。

A：又或者，唯有這樣，我才可以自在地思念下去……我才可以
　　叫自己不要再遺憾，那一年那一天，自己為什麼沒有和他好
　　好說清楚。

The last way
I miss you.

〔 **後記・二** 〕

事到如今，為什麼還會這樣後悔

K：有時候，不一定要將說話都一一說清楚，對方才會明白你的
　　心意⋯⋯是嗎？

M：看情況吧⋯⋯有時你以為對方明白，但原來不然。有時你以
　　為對方沒有注意到你的蛛絲馬跡，但最後反而是自己沒有察
　　覺到對方的言不由衷。

K：嗯⋯⋯

M：為什麼忽然這樣問呢？

K：我跟她⋯⋯快兩年沒見面了。

M：你們⋯⋯之前不是會常常約出來的嗎？記得你跟我提過，每

年你生日的月份、她生日的月份，中秋節、聖誕節⋯⋯你們都會約見面。

K：嗯。

M：發生了什麼事嗎？

K：其實也沒有什麼⋯⋯只是忽然覺得，不想再這樣下去了。

M：那⋯⋯應該是發生過一些事情，或累積了一些情緒，才會讓你漸漸變得，不想和她再見面呢。

K：又或者，是我自己的問題吧⋯⋯其實在她和現在的男朋友在一起後，我就已經決定，有天我會開始疏遠她，不會再像從前般常常見面，甚至是有天不會再見。

M：為什麼要這樣做呢？

K：唔⋯⋯我沒有想得太清楚，只覺得，這樣對大家會比較好。

M：是因為你喜歡她嗎？

K：我是喜歡她……但這並不是原因。

M：是因為你擔心，她有天會知道嗎？

K：也不是……其實我想，她是知道的。

M：知道你喜歡她，但你們繼續做朋友。

K：嗯。我想她在很早很早以前，就已經察覺得到，我喜歡
她……但是我們都沒有人主動揭穿這個事實。

M：如果真的是這樣……唔，你曾經有覺得有點難受嗎？

K：最初的時候，不覺得。

M：即是後來漸漸覺得難受嗎？

K：是我自己低估了……當有天你察覺，自己原來並不是想像中
那麼看得開，自己原來還是會對這個人，投放太多在意，保
留著一個位置……你就會覺得，自己一直自欺欺人，還是製
造一個陷阱給自己去踏，實在很笨很傻。

M：陷阱？

K：有一年，她生日，其實過往我都不會和她一起慶祝，但那一年不知為何，我很想和她好好慶祝一次……我特意去挑選了一份她會喜歡的禮物，尋找了一間很有格調的餐廳，邀請她在生日的前一天一起去晚飯，而她也答應了。怎知道來到那天黃昏，她打電話來跟我說，因為家裡有急事，不能赴約了……那一刻我感到很失望，然後下一秒我反問自己，為什麼要如此失望……為什麼我不會像對待其他人一樣，平常心地去看待這一件事？這次不能見到面，那可以再約下一次啊？也可以等之後再為她補祝生日……

M：嗯，這本來是一件很常遇到的小事。

K：然後我發現，自己是在自欺欺人。名義上，我和她是朋友，或好朋友，但我只是用來掩飾自己的感情與遺憾。每次和她見面後，我回去自己的家，我都會變得不想回家，寧願不下車，繼續前往更遠的地方，一個人在路上漫無目的地遊蕩。以前我不明白為什麼會這樣。直到手機收到她的訊息，問我回家了沒有，我才會想起，自己是應該要回家。

M：然後漸漸，她回到家後，沒有再傳訊息給你嗎？

K：……是的。

M：那麼，你是怎樣疏遠她呢？

K：其實很簡單……只要越來越遲回覆她的訊息，就可以了。

M：這樣就足夠嗎？

K：她是一個很喜歡和朋友傳訊息的人。她也很討厭別人的已讀
　　不回或太遲回覆。

M：那我想，她應該會感到有點難受吧……

K：嗯。之後有兩次，她在訊息裡約見面，但是我都沒有回覆，
　　之後她就再沒有找過我。

M：你覺得……這樣好嗎？

K：我也不知道……這樣做其實很自私吧，我就只是為了讓自己好過。然後真的，她像是感應到我的想法，沒有再傳過訊息給我，沒有再在我的 IG 裡留言，即使到了對方生日，也不會再問候一句……其實這樣也好。

M：真的嗎？

K：難道不是嗎？

M：你有想過，原來她也會跟你一樣，這麼決絕嗎？

K：……因為她也會生氣嘛。

M：是為什麼生氣呢？

K：生氣……因為我這樣已讀不回，因為我沒有信守承諾，因為我……事到如今，為什麼我還會這樣後悔，為什麼如果真的覺得如此重要，但我一直沒有好好對她說清楚，為什麼我們最後要用這種方式，不可以好好說再見。

M：嗯。

〔後記‧三〕

可以坦白的那些時光

H：明年我要跟他結婚了。

M：恭喜啊，是明年的什麼時候？

H：明年三月。

M：還有一段時間呢，但你應該很期待吧。

H：已經開始要忙了，籌備婚禮實在有太多瑣碎事要煩……

M：你向來都心細如塵，我相信你應付得來的。

H：但願如此……

M：而且還有他為你做決定嘛。

H：嗯⋯⋯是呢，還有他。

M：終於和他走到這一步了。

H：你還記不記得，以前我問過你，是應該要跟最喜歡的人在一起，還是應該要跟相處得來的人在一起？

M：那時候你不是已經有一個答案了嗎？

H：原來你都記得。

M：因為比較少人會像你這樣呢⋯⋯會選擇跟最喜歡的人在一起。

H：我以為這是基本要求呢。

M：現在還是同樣的想法嗎？

H：我仍是會這樣希望⋯⋯但我妥協了。

M：是因為……他嗎？

H：那時候我會問你那個問題，是因為我感覺得到，他心裡最喜歡與最在意的人，並不是我。

M：但他卻是你最喜歡的人。

H：嗯……我偶爾都會反問自己，是不是真的可以無視這一點，不要太過執著他是不是最喜歡我，不要去想太多，他在看著我的同時，心裡真正想念的，會不會是另一個身影。

M：但對方有沒有想念，就只有他自己知道。是想念得很深很深，還是偶爾念及，就再沒有其他……我們都沒辦法去求證。

H：當然不可能直接去問對方，但……畢竟我和他已經在一起很久很久了，有些事情可能他也不自覺，可能他以為其他人不會發現，只是當你很認真去喜歡和關心這一個人時，你就不難去發現，他的目光他的笑臉，是有著哪些熟悉與陌生，是屬於你的，還是屬於另一個人。

M：你發現了……已經發現了多久？

H：最初和他在一起的時候，其實已經有些察覺。每年的 10 月
23 日，12 月 16 日，這兩天通常都沒有辦法找到他，除非他
想讓你找到。有一年的 10 月 23 日，那天是假期，他帶我去
一間餐廳吃晚飯，之前我從未去過這間餐廳。整頓飯他都很
少說話，卻跟侍應點了一瓶啤酒，平時他從來不會在晚飯時
喝酒……我陪著他喝了一點，他就只是看著我微笑，什麼都
沒有說……我有想過去問，但最後還是沒有開口。

The last way
I miss you.

M：這種情況，會很常發生嗎？

H：其實就只有一兩次……就只是會在那兩天，找不到他。

M：如果將來會再發生這樣的情況呢？

H：都這麼多年了，我都開始習慣……我知道，他心裡有一個放
不下的人，只是他以為我不知道而已。如果他覺得我不知道
會比較好，那我可以繼續假裝不知道。

M：即使你心裡仍是會有一點在意？

H：只要他開心……只要我們在一起時都會一直開心，那就已經足夠了。只要我們繼續在一起，我相信我們的將來一定會更美好。過去已經過去，我知道現在的他會很重視我們的未來，他現在心裡最在意的人是我……那就已經很足夠。

M：嗯……也是的，如果將一切都說破，有些事情可能再沒有辦法回頭。

H：我們已經錯過，可以將一切都向對方坦白清楚的那些時光。

M：這或許也是一種福氣。

The last way
I miss you.

H：嗯，我知道。

至少還有你會記住

S：我很喜歡你寫的那一篇《曾經錯過的時間，曾經對過的你》。

M：嗯，謝謝你喜歡……謝謝你看得明白。

S：是你自己的經歷嗎？

M：記得那時候是心血來潮，想到了一些事情，於是就在一個早
　　上，用兩個小時寫下來。

S：寫的時候，會覺得難受嗎？

M：難受……為什麼呢？

S：因為會覺得……嗯，是曾經痛過吧，才可以寫得這樣深刻。

M：通常我寫作的時候，會盡量讓自己比較抽離。當然一定要有感受才可以寫出來，但如果情緒太過沉溺，就未必可以保持節奏與水準。

S：嗯……謝謝你可以寫下來。我曾經也遇到一個這樣的人，曾經認為是對的那個人……但是現在已經很久沒有聯繫了。

M：如果可以再聯繫……你有沒有哪些話，仍然想要告訴他呢？

S：應該沒有了……可能就只是會簡單的問好，不會再想要去問些什麼。

M：是因為心情已經不同嗎？

S：從前會以為，自己一定會一直耿耿於懷的……但原來並不是這樣，原來有天，我還是會漸漸淡忘。又或者是我開始想通吧，有些人就算曾經再心靈同步，但不等於真的適合在一起，不等於可以一起走到最後。如果結局最後可能還是會分道揚鑣，那麼曾經有過的遺憾，又何必一定要讓它放下，一定要學會釋懷呢。

M：那又會不會是另一種方式的耿耿於懷呢，因為你還是會在心坎裡，繼續默默想念這一個人。

S：我也不知道……喜歡一個人，可以有很多種方式。那思念一個人呢？如果可以純粹自在地思念下去，我覺得這樣也不錯。

M：即使你的思念，對方是未必會知道，或接收得到？

S：你是明知故問呢……思念一個人，很多時候本來就是不能期望有任何回報。其實只要能夠知道，他這天會過得很好，只要我能夠讓他知道，我也會過得很好……這樣的距離，就是最安心的思念距離。我不必去想，他為什麼沒有回應，也不必去擔心，他會發現我的不捨。

M：你最不捨得他的什麼？

S：或許正確來說，我比較不捨得，那些我們曾經一起往前走的時光吧。是只有他，可以和我一起達到那些快樂，但也是只有那時候的他，可以留給我這樣的遺憾……對了，你有沒有試過，就算再重新遇見那一個曾經讓自己念念不忘、曾經心

靈同步的人，但是你會覺得，他已經不再是從前的那一個
他，即使他用同一張笑臉、同一種語調和你說話，你反而會
有一種刻意的、勉為其難的感覺……

M：那些心跳與感情，已經不會再一樣，不會再回到以前了。

S：嗯。

M：所以才會說，錯過了，不是真的誰有做錯什麼，就只是我們
以後都不會再對同一樣的事物、同一種感受，同悲同喜。比
起沒有挽留住的溫柔，現在和以後的疏離與隔閡，才是更大
的諷刺。

S：但至少……還可以默默思念。

M：嗯，至少還有你會記住，這一點遺憾，這一段曾經。

〔後記・五〕

即使那不是愛情的幸福

T：她說，我們仍然是好朋友。

M：在你向她表白之後？

T：嗯，我們現在偶爾還是有見面，上個月她生日，我們也有相
　　約一起晚飯。

M：這樣也不錯呀。

T：是的……至少，我們還可以繼續友好，繼續見面……嗯。

M：但……你還是會覺得有點後悔嗎？

T：也不是的……至少現在我能夠正視自己對她的感情，我可以

一邊喜歡她，一邊去做她的好朋友。她也會顧及我的感受，不會說一些話或做一些事情，讓彼此感到尷尬或難受……在以前，很多時候，根本不知道應該如何開口，有時候自己又會想得太多，但原來是自己單方面誤會了她的想法。

M：那麼現在就是比較心靈互通嗎？

T：我也希望可以做到……但原來不容易。始終，不可能真的做到無所不談……是的，現在她是知道我的心意，而她也是明確地拒絕了，我們會繼續做好朋友。但相比起以前，我們平時聊天，再不像從前般隨心所欲，總是害怕自己會越界，總是會擔心，對方會不會因此想得太多。

M：可能還是需要一些時間讓彼此去適應與磨合？

T：可能如此……其實一般朋友關係，也是會有這種過程吧，大家一起付出時間去了解、探索適合雙方的方式與節奏，讓彼此相處時感到舒服……這本來是很平常自然的事，是吧？

M：嗯，本來，也不會太過在意或擔心，會有什麼地方出錯。

T：嗯……是呢，若是普通的好朋友，又怎會想得太多。

M：你們也曾經有過，不會想得太多的時候。

T：那時候……真的，真的不會想太多，就只是會想，為什麼有一個人會這麼了解自己、和自己這麼相似這麼合拍，就只是會想，這一種快樂，可不可以一直延續下去……

M：然後，你會開始想知道，對方是不是也跟你一樣，有同一樣的想法，同一種感覺和心跳。然後，你會開始去確認，自己對她的這一份心跳與期待，其實是一種怎樣的感情……是朋友的喜歡，還是愛情的喜歡？你是純粹的想跟這個人友誼永固，還是想和她以更親密的方式，一起走得更遠更遠……然後有天醒來，你確認了自己對這一個人的情感，你會開始更想去知道，對方在面對著這一個自己時，她內心的快樂與期待，是不是也跟自己一樣。

T：然後，當有一天，自己終於忍不住開口去問，忍不住將自己的心意告訴對方，之後，一切也再回不去了。

M：結果你還是有感到後悔。

T：也很難有完全不後悔的時候吧。只是我有時會想，那一個喜歡她的我，那些很想和她在一起的熱切與情感，從此之後，應該會被我封鎖在某個角落深處，將來也不會再見天日……如果我們是繼續做一對好朋友的話。

M：你認為自己沒可能和她在一起嗎？

T：我已經不敢再期待了。我知道，如果現在的我若再嘗試踏前一步，她一定會立即逃開的……當一切都說破了，當我知道，從前自己所以為的心靈互通、默契同步，原來都只是我單方面的奢想和心存僥倖，原來她的想法與心意並非和我一樣，原來就只有我自己一個人太過期待，太過認真……當我終於要面對現實，將那些似是而非的雲煙撥走，我才開始看得清楚，她其實並不會喜歡我這類人……我們可以做一對很好的朋友，但我不是會讓她感到心跳，會念念不忘，會願意為他守候下去的人。

M：她心裡已經有一位這樣的人嗎？

T：嗯，是她自己告訴我的。

M：那……你真的可以心息嗎？

T：努力學習中。

M：嗯。我想，就算將來做不到，你還是會假裝自己可以做到，假裝自己是她最好的朋友吧。

T：或許？又或許，有天我會懂得看開，真正學懂如何去做她的好朋友吧。

M：又或是，有天你會懂得轉身離開？

T：我不會離開的。

M：為什麼？

T：因為她對我真的很好，她是很認真地和我去做朋友……其實可以遇到她，是我的福氣才對。所以，就算她不會喜歡我，我也心甘情願去做她的朋友……只要她喜歡，只要可以見到她快樂，我又何必要奢求太多。

M：如果有一個人，可以這樣回應她，可以用這一種方式，走得
　很遠很遠……我覺得，那應該也是一種幸福吧，即使那不是
　愛情的幸福。

T：又或者，不要太過思考什麼是幸福、怎樣去做會令她更快
　樂，簡單純粹地去珍惜這刻仍然可以見面的時光，這樣的相
　處才會比較沒有壓力，才可能成就更多？

M：可能真的如此。

如果沒有這一本書

T：最初你為什麼會寫《如果有些心意不能向你坦白》這本書？

M：最初……其實沒有想過要寫成一本書。

T：不太明白你的意思。

M：這本書裡的散文，是從我臉書專頁裡的貼文結集而成的。那時候，每天下班後，我都會在回家的巴士車廂裡，用手機去寫散文，一邊聽著歌，一邊去尋找靈感。車程大約一小時，通常下車時就會寫完，然後我就會在臉書專頁裡發布。有時每天寫一篇，有時隔兩三天才寫，當時的心態，就是只想跟別人分享一些感受和想法，只要有人看、有人留言和讚好，我就有動力寫下去。至於要出書什麼的，最初真的沒有寄望太多。

T：為什麼呢？你沒有想過要出書嗎？

M：在出版《如》之前，我曾經出版過一本短篇小說集，叫《純屬虛構》。那是很多年前的事了。當時的銷量也不算很好。之後偶爾會有一些人來問，想不想要出第二本書，當然我也會想有第二本著作誕生，但通常到最後都是不了了之，例如出版社覺得題材不太適合，又或是他們會擔心，文章在網路上已經發布過，會不會沒有人願意花錢買書，又甚至是提議我去寫其他的題材。試過幾次這種情況，漸漸自己對出書都不敢抱太多期待，可以出版當然很好，但如果沒有機會出版，那也沒法子，我還是會在網路上繼續創作。

T：那麼，後來為何會有再次出書的契機？

M：記得那時候是 2013 年的十月，有天收到出版社編輯的電郵，說希望結集我在臉書裡的文章，出版一本散文集，暫定在隔年夏天的書展推出。我有問過，文章已經在網路上發布過，他們也不介意嗎？但編輯認為沒問題，並說有些人應該會想收藏這本書。於是我也沒有再多想，到出版社去簽約了。

T：你的臉書有那麼多粉絲，出版社應該不會太擔心銷量吧。

The last way
I miss you.

M：當時臉書專頁的粉絲也不是很多……大約有七、八萬人左右，大部分都是來自香港的朋友。後來到了 2014 年初，當時臉書應該是想推廣專頁這個功能吧，然後不知道為何我的專頁被他們的演算法選上了，不少貼文都得到台灣與馬來西亞的用戶轉發分享，累積了不少台灣與新馬地區的讀者……每次回想，都會覺得自己真的很幸運。

T：有更多粉絲支持，對你的創作有帶來什麼影響嗎？

M：有好的影響，也有不好的影響……以前沒有想過，自己會遇到台灣與馬來西亞的讀者，現在多了和台灣和新馬的讀者交流，可以了解和觀察他們的想法和生活，大大擴闊了我的視野和深度，讓我可以思考更多、嘗試更多不同的題材。

T：那……不好的影響呢？

M：嗯……以前真的沒有想過，可以遇到這麼多讀者。對創作人來說，當然會希望遇到更多讀者和觀眾。但對那時候的我來說，原來並沒有準備好。得到更多人讚好與支持，自然也會得到更多人的批評與攻擊。我很喜歡看別人的留言，不論是支持或批評，我也會想要去了解及思考。只是去到某天，那

些日子一直以來所累積的情緒與雜念終於超出了極限，開始容易變得太過敏感和自我設限，做什麼事情之前，都會首先去思考會不會有人不喜歡、會不會傷害了別人，結果做什麼都畏首畏尾，同時又會為這樣的自己感到困倦與厭惡……然後就在那個時候，《如》這本書如期出版了。

T：書本順利出版了，應該感到高興吧？

M：是滿足的，因為終於有第二個女兒了，而且也得到很多人以行動去支持。但當時所得到的批評與攻擊，也是前所未有的。那段時間我開始變得不想見人，不想打開手機。新書在香港書展開賣了，這本來是一件大事，但我也變得不太關心，是有天在書展攤位簽了一些簽名書，之後就沒有再去過書展。後來出版社老闆說要慶祝，因為銷量不錯，但是我也沒有那個心情。

T：想不到背後原來有過這些事情。

M：那時候經常都在胡思亂想，但我又會想，這些胡思亂想，還有各種迷惘與不安，都是我自己個人的事，對讀者來說是沒有必要去知道的。大家看到我寫的散文與故事，感到有共

鳴、可以有思考的地方，那就已經足夠了。至於作者是一個怎樣的人，他過得好或不好，這些反而是最不重要。

T：真的不重要嗎？如果作者寫得不開心，讀者又怎樣可以看到更多創作？

M：但那時候我真的這樣覺得，又或者那是我自己的一種自我保護吧。一個月後，書本可以在台灣的書店上架了，之後又發生了一些事情，自己才終於開始懂得看開和走出低潮。而且這些日子的經歷與感受，也為我後來的創作帶來很多養分和反思。後來有時回想，以前的自己不曾預想過，自己有機會出版第二本書時，竟然會遇到這些情況……我以前又怎會想到，自己會認識到更多新讀者與朋友，又怎會預測得到，一些原本支持自己已經很久的人，有天反而會變得不再往來。以前自己只會想到好的一面，只會期待理想達成所帶來的各種美好和滿足感。幸好我有機會上這一場課。

T：嗯，我也覺得很幸運，你有出版了這一本書，讓我有機會認識你的文字。我也有收集你其他的書，但《如》這本書，直到現在我偶爾還是會拿出來翻看。每次重看，都會有不同的體會……原來從前的我，是有過這樣的心理，原來並不是只

有自己遇到過這些心情。

M：謝謝你會翻看這本書呢。對我來說，書裡有些感受與想法，現在的我可能也未必可以再寫得更好、更準確。

T：為什麼呢？

M：我也不知道應該如何說明……太抽離，就會不夠真切，太投入，又會容易主觀。那一個在巴士車廂裡，專心一意埋首創作的我，已經不會再重來了。後來的我可以有其他不同的創作，也可以全心全意投入創作，只是寫出來的意思與心情，已經不會再完全一樣。

T：感覺上，這本書對你本人，也有著相當重要的位置？

M：嗯……或許你們也有留意到，之後有些書本的名字，都是從《如》這本書裡挑選出來，例如《曾經錯過的時間 曾經對過的你》。

T：我知道……我也是因為讀完《曾》那一個故事，於是忍不住想要向她表白。

M：你不是第一個人跟我這樣說呢。

T：這證明你的文字擁有一種影響別人的魔力。

M：可以遇到合適的讀者朋友，是我的福氣。現在回看，可以
出版《如》這一本書，然後可以讓我遇到更多不同國家的朋
友，真的很感恩。如果當初沒有這一本書……我也不能夠想
像，是否還可以繼續創作到現在。

T：希望你能夠繼續寫下去。

M：我也不知道可不可以……記得十年前，在最低潮的那個夏
天，我跟當時的編輯說，不知道可以繼續寫多久，可能到了
明年，就沒有人再記得我這個作者。但那時候編輯跟我說，
我一定可以再寫多十年。然後十年快要過去了，幸運地，此
刻我仍然在創作，我仍然可以寫下自己想要寫的故事，仍然
遇到願意支持我的朋友與讀者。只是當時那一位編輯朋友，
現在已經沒有再從事出版業了……所以，我不敢保證，自己
還可以寫多久，是不是可以一直寫下去。但我會努力堅持到
最後最後，但願可以寫下更多更好、大家會喜歡的文字與作
品。

T：加油。

M：一起加油。

The last way
I miss you.

如 果 有 些 心 意
不 能
向 你 坦 白

MIDDLE 作品 13

如果有些心意不能向你坦白/Middle著. -- 初
版. -- 臺北市:春天出版國際文化有限公司,
2024.06
　　面; 公分. -- (Middle作品;13)
ISBN 978-957-741-843-2(平裝)

855　　　　　　　　113004013

作　　　者	Middle
總　編　輯	莊宜勳
主　　編	鍾靈
封 面 設 計	克里斯
排　　版	三石設計

出　版　者	春天出版國際文化有限公司
地　　址	台北市大安區忠孝東路四段303號4樓之1
電　　話	02-7733-4070
傳　　真	02-7733-4069
E － m a i l	story@bookspring.com.tw
網　　址	http://www.bookspring.com.tw
部　落　格	http://blog.pixnet.net/bookspring
郵 政 帳 號	19705538
戶　　名	春天出版國際文化有限公司
出 版 日 期	二〇二四年六月初版

定　　價	480元

總　經　銷	楨德圖書事業有限公司
地　　址	新北市新店區中興路二段196號8樓
電　　話	02-8919-3186
傳　　真	02-8914-5524